AF290301

Marten Steppat

Das Netzwerk der Feen

Buch 2 der Kumono-Saga

Bibliografische Information der Deutschen Nationalbibliothek:
Die Deutsche Nationalbibliothek verzeichnet diese
Publikation in der Deutschen Nationalbibliografie;
detaillierte bibliografische Daten sind im Internet
über http://dnb.dnb.de abrufbar.

Herstellung und Verlag:
BoD – Books on Demand, Norderstedt

ISBN: 978-3-7460-5561-9

Inhaltsverzeichnis

Kapitel 1: Ein neuer Zyklus

Im bereits warmen Licht der Morgensonne, auf dem Ast eines Dornenbaumes breitete der Regenbogenschmetterling zum ersten Mal seine Flügel aus, die so breit waren wie ein Mensch mit ausgestreckten Armen. Frisch aus seinem Kokon geschlüpft sah er die Welt zum ersten Mal auf diese Weise. Er richtete seine Flügel aus, sodass sie die Strahlen der Sonne einfingen und die Wärme ihm half, Blut in die bunten Flügel zu pumpen.

Die Engelsebene erwachte langsam zum Leben. Ein kleiner, dicker Hornplattenmarder stolperte leise schimpfend durch das hohe Gras, in der Ferne sang ein Nebelsänger sein Morgenlied. Eine kleine Windbrise kam auf und kitzelte den Schmetterling unter den Flügeln. Er schlug einmal mit ihnen. Bunter Staub löste sich in einer kleinen Wolke von ihnen ab und der Flügelschlag trieb das Blut schließlich ganz in die Flügel hinein. Der Schmetterling war nun startklar.

Purpurpilze standen jetzt nicht mehr auf seinem Speiseplan. Es war ab sofort Nektar, nach dem es ihm gelüstete. Nach kurzer Orientierung erhob er sich in die Luft und begann sein neues Leben. Das alte ließ er hinter sich wie eine leere Hülle, ohne nochmal einen Gedanken an das frühere Leben als Regenbogenraupe zu verschwenden.

Der zurückgelassene Kokon löste sich von dem Baum. Auf dem Weg nach unten streifte er eine Flug-Erkundungs-Einheit - kurz Fee -, welche ebenfalls auf dem Baum gesessen hatte, um das Licht der Sonne einzufangen und die Energie einzuspeichern. Durch den Stoß verlor sie das Gleichgewicht und rutschte von ihrem Ast. Sie reagierte sofort, fing ihren Sturz ab und nahm das Ereignis zum Anlass, ihren Flug fortzusetzen.

Das nächste ausgewählte Ziel ihrer Erkundungen war ein mit Rankenpflanzen recht zugewucherter und damit relativ gut getarnter, kreisförmiger Tunnel, der sanft abwärts in einen kleinen Hügel hinein führte. Sie manövrierte sich durch die Ranken hindurch und fand auf der anderen Seite Feen-Zeichen an der Tunnelwand vor, die kundgaben, dass schon andere Feen vor ihr hier gewesen waren. Die kleine fliegende Erkundungseinheit bewegte sich zu den Stempeln aus gepresstem Blütenstaub und scannte sie mit ihren Sensoren ab.

Hier im Tunnel hatte die Fee keinen Kontakt zum Netzwerk und konnte ihre Entdeckung sowie ihr Vorhaben nicht mitteilen. So fuhr sie ihren eigenen Stempel aus und setzte ihr Zeichen unter die anderen. Es beinhaltete in codierter Form unter anderem die Bezeichnung der Fee , den Zeitpunkt und den Grund ihrer Erkundung. Der Stempel glühte kurz auf und erhitzte den Blütenstaub für einen Augenblick. So verschmolz das Material, wurde fest und blieb lange erhalten. Der Stempel löste sich von dem Feen-Zeichen. Eine winzige Rauchwolke stieg auf und verflüchtigte sich.

Es gab einen Blitz und einen Knall. Der Stempel und ein paar andere kleine Feen-Bauteile flogen zwischen den Ranken hindurch nach draußen.

*

Elegant durch die Lüfte gleiten. Linksneigung und Rechtsneigung, um die Bewegungsfähigkeit zu testen. Schnell geradeaus über die Bäume hinweg, über ein Meer von Grün hinweg rasen. Einen Bogen um den ersten Felsen herum machen. Dann langsamer die steile Wand des Plateaus hinauf. Die Pflanzen bewundern, die an der steilen Wand Halt finden und wachsen. Die Spitze des Plateaus erreichen und direkt in das Gesicht einer erstaunten Echse schauen. Ausweichen. Orientieren.

Das Rotstein-Plateau. Sand und Steine. Büsche und Echsen.

Mit einem Mal wurde das Bild schlecht. Es sah so aus, als wenn eine Gestalt auf einem großen Stein saß. In Augenschein nehmen. Die Gestalt schien irgendwie größer zu werden und sich der Fee zuzuwenden, dann nach ihr zu greifen. Ein Ring aus Licht schien sich für einen Augenblick um ihre Hand herum zu bilden, aber das musste ein Effekt des zunehmend schlechter werdenden Bildes sein. Ein Blitz. Dann nichts mehr.

Ion probierte hektisch verschiedene Funktionen an seinem Helm mit Fernsicht aus, aber die Übertragung zu der Fee war abgebrochen. Kein gesendetes Signal vermochte die Verbindung wieder herzustellen und das Bild wieder aufzubauen. Enttäuscht klappte er das Visier hoch und blickte mit seinen eigenen Augen über den Wald hinweg zum Rotstein-Plateau in der Ferne.

„Technische Probleme?", fragte eine raue Stimme. Ein Mann mit breiten Schultern in der Rüstung eines Richters näherte sich Ion und winkte. „Ich habe gehört, ich finde dich hier", erklärte er. Ion betrachtete ihn einen Augenblick lang und fragte sich, wie er wohl einen Helm aufsetzen würde. Der Mann hatte recht lange, rotblonde Haare. Sie hingen ihm jedoch nicht am Kopf runter, sondern standen gerade nach oben, als ob sie sich der Schwerkraft widersetzten.

„Ich bin Samush, Richter aus Feuertal", stellte sich der Fremde vor. Ion musste sich zusammenreißen, um nicht ununterbrochen auf die Haare zu schauen.

„Hallo, ich bin Ion, Richter aus Geroda", erwiderte Ion schließlich, obwohl er das Gefühl hatte, dass seine Vorstellung unnötig war. Doch so irritiert von den Haaren wusste er auf die Schnelle nichts anderes zu sagen.

„Ich weiß", entgegnete Samush, was Ion ebenfalls unnötig vorkam. Unbehagen stieg in ihm auf.

Samush sah das. Ein Lächeln umspielte seine Lippen. „Horngel", sagte er. Es klang wie eine Erklärung, eine Antwort auf eine nicht gestellte Frage. Ion zwang sich, dem Neuankömmling fest in die Augen zu sehen anstatt auf seine Haarpracht. Ratlos schüttelte er den Kopf, um zu verstehen zu geben, dass er mit dieser Antwort nichts anzufangen wusste.

„Die Haare", sagte Samush grinsend und deutete auf seine himmelwärts gerichtete Frisur. „In Feuertal stellen wir Horngel her, damit können wir unsere Haare formen und härten", erklärte er schließlich. Er neigte den Kopf. „Vielleicht willst Du sie mal anfassen", schlug er vor. Ion schaute ihn an, als hätte er den Verstand verloren. Zögerlich fasste er die Haare von Samush an.

„Steinhart", entfuhr es ihm überrascht.

Der Richter aus Feuertal nickte zufrieden. „Sicher haben wir ein wenig Überschuss und können die eine oder andere Packung Horngel entbehren und nach Geroda bringen. Ihr werdet es lieben!", behauptete Samush überzeugt.

„Ah", antwortete Ion, weil er nichts anderes zu antworten wusste und versuchte, dabei möglichst freundlich zu klingen. Er war keineswegs überzeugt und hatte das Gefühl, dass das wachsende Unbehagen früher oder später schon dafür sorgen werde, dass ihm die Haare von ganz alleine hoch standen. Er fühlte sich in seine Kindheit zurück versetzt. Als er einmal eine defekte Lichtkugel angefasst hatte, standen ihm auch die Haare zu Berge.

„Ich war entsetzt, als ein Roboter unser Dorf kontaktiert hat und mich darüber informierte, dass Du ihn zum Richter von Tekion ernannt hast", erklärte Samush.

„Droide", verbesserte Ion.

Samush ignorierte seine Aussage und fuhr fort: „Auch wenn wir in Feuertal alle begeistert davon sind, dass unser Leben von nun an offensichtlich einfacher und sicherer werden wird, sollten solche schwerwiegenden Entscheidungen, die folgenreiche Konsequenzen nach sich ziehen, mit allen Richtern gemeinsam abgesprochen werden."

„Wir wussten zu dem Zeitpunkt noch nichts von eurem Dorf", wandte Ion ein.

„Natürlich ist es überhaupt bereits ein gewaltiges Risiko, all diese Technik – Gnome, Feen, Trolle und Roboter – einfach so wieder zu aktivieren, ohne zuvor *genauestens* geprüft zu haben, ob diese Geräte nicht vielleicht gefährlich sind und nicht bereits damals die große Katastrophe ausgelöst hatten. Keiner will, dass sich die Geschichte wiederholt", ergänzte der Richter aus Feuertal.

Ion hatte das Gefühl, sanft ausgeschimpft zu werden, und das Unbehagen wuchs. Ihm ging der Gedanke durch den Kopf, dass Samush gar nicht alles wusste, was ihn hätte aufregen können. Er behielt den Gedanken für sich.

„Wir mussten Entscheidungen treffen", entschied er als vage Erklärung abzugeben.

Eigentlich wurde er bisher immer für diese Entscheidungen gelobt, sogar geradezu besungen und als Held gefeiert. Nun fühlte er sich deswegen gescholten von diesem Richter aus Feuertal, der doch ebenfalls zugeben musste, dass er und sein Dorf von den Konsequenzen dieser Entscheidungen profitierte. Und dann diese Haare... Er musste schmunzeln.

„Die Gnome kommunizieren alle untereinander - ohne, dass wir wissen, worüber sie sich unterhalten", fuhr Samush in einem Unheil verheißenden Ton fort, „und dann dieses System künstlicher Intelligenz, das den ganzen Planeten kontrollieren will und bereits die Herrschaft über die Insel Tekion an sich gerissen hat!"

Es wurde Ion langsam zu bunt. Er machte eine Geste, um Samush zum Schweigen zu bringen.

„Jedenfalls bin ich hier, weil wir eure Hilfe brauchen", sagte Samush schließlich zu Ions Überraschung. „In letzter Zeit werden wir vermehrt angegriffen, ja, geradezu heimgesucht von wilden Tieren. Und es sind nicht die Tiere, die bisher bei uns heimisch waren. Es sind zwar teilweise größere und gefährlichere Arten von ihnen, aber viele auch ganz neue und unbekannte Kreaturen – und sie sind richtig böse!"

Der plötzliche Themenwechsel verwirrte Ion und er schüttelte den Kopf, um wieder klare Gedanken fassen zu können.

„Natürlich, wir helfen Euch!", entgegnete er schließlich. „Auch in Geroda und ebenso in Liberin hat man das bereits beobachtet. Es scheint, dass es eine große Wanderung von Tieren aus dem Westen gibt. Ich habe das Problem erst gestern bei meinem letzten Gespräch mit Erom angesprochen. Er wird sich heute wieder bei mir melden und Lösungsvorschläge anbieten. Vielleicht möchtest Du mit mir zusammen nach Geroda gehen und dem Gespräch beiwohnen."

Bei der Erwähnung des Droiden verzog der Richter aus Feuertal die Miene. „Unbedingt", bestätigte er.

„Gut, fahren wir", schlug Ion vor. Er deutete zu dem Transportfahrzeug, mit dem er hierher gefahren war. Sie stiegen ein. „Der Weg ist ein wenig uneben, halte Dich besser gut fest", riet er Samush im Plauderton, als er auf den Startknopf drückte.

Dann grinste er, ging er umgehend auf Maximalgeschwindigkeit und schlug das Steuer hart ein.

*

Hallo Kumono! Hier ist 'Abenteuer Kumono', der Radiosender für all die Forscher und Entdecker dort draußen. Dies ist unsere erste Sendung. Wir sind Yenna aus Liberin und Ordon aus Geroda, Eure Moderatoren auf Tekion. Wir sind erst vor drei Tagen auf der Insel Tekion eingetroffen und werden wohl die ersten sein, die sich hier wieder bis auf Weiteres ansiedeln werden.

Wir haben vor, die Insel näher zu erkunden und Euch laufend davon zu berichten. Natürlich werden wir in den ersten Sendungen aber vor allem von den Ereignissen berichten, die uns das alles hier ermöglicht haben: Die Abenteuer von Ion und seinen Freunden, ihre Erlebnisse mit dem ersten Gnom, die Begegnungen mit der dem Droiden Erom – einem freundlicher Roboter mit künstlicher Intelligenz –, wie sie es geschafft haben, das technische System neu zu starten, das bald unseren gesamten Planeten wieder zu einem komfortableren und sichereren Ort macht, sowie ihre Entdeckungen unterwegs, auf dem Kontinent und auf Tekion.

Wir werden die Aufzeichnungen von ihnen besprechen, die sie mittlerweile angefertigt haben und in die ... Datenbank des Informations- und Kommunikationssystems Ae-

rie ...ähm... eingelegt haben. Entschuldigung, die Fachbegriffe sind uns noch nicht immer ganz so geläufig. Dann werden wir hoffentlich auch mal die Helden selbst zu sprechen kriegen, auch der Droide Erom soll hier zu Wort kommen, bei dem wir uns schon mal ganz herzlich dafür bedanken, uns hier alles gezeigt zu haben und in die Funktionsweise der Radiostation eingewiesen zu haben.

Weiterhin möchten wir allgemeine Tipps geben, was den nutzbringenden Gebrauch von Radios, Handgeräten, der ganzen Technik überhaupt und dem Aerie-System betrifft. Vielleicht wird das aber auch eine eigene Sendung für sich.

Und schließlich möchten wir auch Euch dazu ermutigen, diese Radiosendung aktiv zu unterstützen. Wir möchten Euch dazu ermutigen, ebenfalls auf Erforschungs- und Entdeckungsreise zu gehen, wo immer ihr seid. Ihr könnt uns Eure Berichte zukommen lassen oder über das Radio selbst an unserer Sendung teilnehmen. Vielleicht findet Ihr ja geheimnisvolle Orte, eine Pflanzen- oder Tierart, die noch nicht erfasst worden ist, ein fantastisches und besonders nützliches technisches Gerät oder möchtet aus anderen Gründen mit uns Kontakt aufnehmen. Bitte macht das, wir freuen uns darüber!

Noch ein ganz wichtiger Hinweis: Natürlich geht Sicherheit immer vor! Geht nicht einfach alleine in die Wildnis für abenteuerliche Erkundungen, es sei denn, Ihr seid Jäger. Ansonsten nehmt am besten einen Jäger mit oder begleitet Jäger auf deren eigener Mission. Geht in Gruppen und seid immer gut auf alles vorbereitet.

Und schlussendlich laden wir Euch natürlich ganz herzlich nach Tekion ein! Es ist ein bezaubernder Ort und der inzwischen schon wieder fast berühmte Turm von Tekion steht kurz vor seiner Fertigstellung. Um kein falsches Bild zu vermitteln: Die Insel ist durchaus kein ungefährlicher Ort. Wer sich bereits mit den Abenteuern von Ion auseinandergesetzt hat, der hat auch schon einen kleinen Einblick erhalten. Aber der Turm bietet Sicherheit und Komfort, und der nette Droide Erom ist immer bereit zu helfen.

Wohnräume und eine medizinische Einrichtung stehen zur Verfügung. Ihr könnt zu Besuch kommen und an unserer Sendung teilnehmen, und Ihr könnt Euch überlegen, dauerhaft hierher zu ziehen. Wir brauchen auch dringend noch Moderatoren, schließlich können wir zwei alleine nicht den ganzen Tag über die Sendung ... ähm, senden. Natürlich hoffen wir auch auf abenteuerlustige Jäger und Wächter, die uns dabei helfen können, den Ort und die Umgebung ein wenig sicherer zu machen.

Falls Ihr also Interesse habt, setzt Euch einfach mit uns in Kontakt und wir holen Euch auf die Insel.

*

Die Jäger Ura und Lennast erkundeten das Tal der Dryaden. Lennast war noch kein vollwertiger Jäger; er hatte die Prüfung der Jäger-Gilde noch nicht absolviert und ließ sich von seiner Begleiterin durch verschiedene Gebiete führen, in denen er mehr über die Tier- und Pflanzenwelt lernen konnte. Das Tal der Dryaden war die letzte Station ihrer viertägigen Reise, anschließend wollten sie planmäßig in die Gilde zurückkehren. Ura erklärte ihrem Schüler die Besonderheit des Tals und lenkte ihn dabei in eine bestimmte Richtung, in welcher sie anscheinend ein interessantes Studienobjekt bemerkt hatte.

"Dryaden sind Pflanzen, die in der Lage sind, eigenständige Bewegungen auszuführen. Wir unterscheiden zwischen Pflanzen mit lediglich dryadischen Eigenschaften, Volldryaden und Superdryaden. Manche Pflanzen ziehen sich durch Berührungen zusammen oder richten ihre Blüten nach dem Sonnenstand aus; das sind lediglich dryadische Eigenschaften, und wenn man genau schaut, dann besitzen ziemlich viele Pflanzen solche Fähigkeiten."

Ura hielt an. Sie standen in geringer Entfernung vor einer Pflanze, die mit mehreren dunkelgrünen Rankenarmen den Boden bedeckte. Sie wuchs nicht in die Höhe, war aber so breit und lang, dass ein Mensch scheinbar bequem darauf hätte liegen können. Die gefächerten, breiten Rankenarme glänzten matt im Sonnenlicht und waren verstreut mit dicken, hellen Haaren versehen. Aus der Nähe sah man winzige Widerhaken an ihnen. In der Mitte der Pflanze war eine runzelige, schwarz glänzende Halbkugel zu sehen, die fast wie ein gewöhnlicher Schrumpelpilz aussah und sogar danach roch.

„Volldryaden", setzte Ura ihre Erklärungen fort, „können teilweise erstaunliche Bewegungen ausführen und sie je nach Art und Situation auch variieren. Dies hier ist ein Siebenarmiger Reißer, eine fleischfressende Pflanze. Sie ist darauf angewiesen, dass ihr Arbeitsfeld frei von störenden Objekten bleibt."

Mit diesen Worten kramte sie in ihren Taschen und förderte schließlich eine große Teenuss zu Tage. Langsam und vorsichtig ging sie vor der Pflanze in die Knie und rollte die Teenuss sanft auf die Ranken, und zwischen zwei der Ranken blieb die Nuss liegen.

Die beiden Ranken begannen, sich leicht zu bewegen. Es sah aus, als würden sie langsam zur Mitte der Pflanze gezogen, wo sie sich dadurch ein wenig wölbten. Dann ging eine Wellenbewegung durch die Rankenarme, von der Mitte nach außen, durch welche die Teenuss von der Pflanze heruntergerollt wurde. Die Bewegung endete und die Pflanze sah wieder aus wie vorher. Lennast wirkte beeindruckt.

Ura nahm die Teenuss wieder an sich. „Die Pflanze unterscheidet nicht bewusst zwischen Tieren und Teenüssen. Es kommt auf das Gewicht an, beziehungsweise auf die Kraft", erklärte sie. Mit einer Handbewegung gab sie Lennast zu verstehen, den Abstand zum Siebenarmigen Reißer zu erhöhen. Sie ging selbst einen großen Schritt zurück, zielte und warf die Teenuss auf die Mitte der Pflanze.

Lennast erschrak, als die sieben starken Rankenarme blitzschnell reagierten und sich mit einem lauten Rauschen spiralförmig um das Zentrum der Pflanze wanden. Dort verharrten sie und bildeten eine dichte, dunkelgrüne Kugel, zuckten jedoch ein wenig hin und her, vermutlich in einem Versuch, das vermeintliche Opfer durch seine mit Widerhaken besetzten Haare zu verletzen.

„Es sind nicht nur die Widerhaken, mit denen die Pflanze angreift", führte Ura aus, „die Haare sind gefüllt mit einer giftigen Säure. Das Tier wird betäubt, und gleichzeitig wird sein Gewebe zersetzt. Durch die Betäubung spürt es nur geringe bis gar keine Schmerzen."

„Wie nett", kommentierte Lennast mit einem bitteren Ton in der Stimme.

„Viele Tiere überleben das sogar, soweit unsere noch spärlichen Informationen darüber Aufschluss geben. Sie können sich wieder befreien und die Pflanze lässt ihre Opfer wohl auch irgendwann wieder los. Und trotzdem: der Reißer kann auch einem Menschen gehörigen Schaden zufügen. Also pass auf, wo Du hintrittst!", antwortete die Jägerin mit einem Augenblinzeln.

„Besonders hier", bekräftigte ihr Schüler und schaute sich sorgsam um. „Und Superdryaden sind dann laufende, menschenfressende Bäume?", fragte er mit gespielt übertriebener Sorge und fasste sich dabei an den Hals.

Ura lachte. Sie lehnte sich an einen Baumstamm, dessen eines Ende in die Luft ragte, während die andere Seite im Gras lag. „Nein, sie fressen keine Menschen", antwortete sie.

Lennast machte große Augen. „Aber es sind Bäume, die laufen können?", fragte er ungläubig nach.

Ura grinste frech. Sie kostete den Augenblick noch kurz aus, bevor sie antwortete. Der Siebenarmige Reißer bewegte sich und hatte so wieder kurz die Aufmerksamkeit der Jäger. Die Pflanze schien erkannt zu haben, dass sie kein Tier gefangen hatte. Die Rankenarme gingen auseinander und machten sich daran, wieder ihre ursprünglichen Positionen einzunehmen. Vorher wischten jedoch noch drei der Arme nacheinander über die Mitte der Pflanze und entfernten damit die Teenuss, die ins Gras rollte.

„Laufende Bäume sind noch nicht gesichtet worden", erläuterte Ura in einem gespielt beruhigenden Tonfall, „aber Superdryaden können tatsächlich ihre Position wechseln und sich fortbewegen."

Sie musste wieder lachen, als Lennast sich ihr zuwandte und seine Augen groß und starr wurden. „Keine Angst –", fing die Jägerin in einem nochmal besonders beruhigendem Tonfall an.

Sie hatte nicht bemerkt, dass der scheinbare Baumstamm, an dem sie lehnte, große schwarz glänzende Augen bekommen hatte. Der mehrere Schritt lange Körper der Kreatur bewegte sich im Gras und das andere Ende des Wesens stieg in die Luft auf. Ein großer Stachel ragte für einen Moment über Ura, dann stieß er zu und schlug kraftvoll in die Schulter der Jägerin.

Sie stieß einen Schmerzensschrei aus, griff intuitiv nach dem Stachel und blickte sich benommen um. Unter den schwarzen Augen öffnete sich ein Maul mit spitzen Zähnen. „Was…“, hauchte sie.

„Lass sie los“, brüllte Lennast und zog sein Schwert. Tatsächlich riss die Kreatur ihren Stachel wieder aus Ura heraus, die mit einem weiteren Schrei zu Boden ging. Ein weiteres als Baumstamm getarntes Wesen öffnete in der Nähe seine Augen.

„Lauf weg“, stöhnte sie, aber ihr Schüler rannte bereits schreiend und mit gezogener Waffe auf das Wesen zu, das mit atemberaubender Geschwindigkeit seinen Oberkörper um die eigene Achse drehte und sich so zu einer Spirale zusammen wand. Kraftvoll schleuderte es sein mit dem tödlichen Stachel bewehrtes Ende durch die Luft.

*

Die ausgeklügelte Mechanik des Fahrzeugs tat alles, um die Stöße abzudämpfen, doch sie hatte ihre Grenzen. Normalerweise war Ion ein sehr ausgeglichener Fahrer, beschleunigte sanft und fuhr umsichtig und vorausschauend. Doch im Augenblick war ihm nach einem ganz anderen Fahrstil zumute. Ihm war nach hoher Geschwindigkeit und plötzlichen, harten Kurven, und er fuhr auch nicht den Weg, den er gekommen war. Er fuhr absichtlich durch unwegsameres Gelände und legte einen rauen Ritt hin.

Er hatte ein wenig Aggression aufgestaut und fand nun gerade einen hervorragend geeigneten Weg, diese wieder abzubauen. Was besonders gut dabei half, war der angespannte bis leicht ängstliche Gesichtsausdruck seines Beifahrers. Ion grinste fast den ganzen Weg über und kam entspannt und gut gelaunt wieder in Geroda an.

Wenig später saßen sie bereits zusammen mit Ions Frau Shana sowie den Jägern Morafey und Naga an der Feuerstelle auf dem Ratsplatz und machten sich bekannt. Nach der aufregenden Fahrt wirkte Samush in Ions Augen gleich wesentlich entspannter und nicht mehr so großspurig, wie er ihn zu Beginn wahrgenommen hatte.

Zufrieden ging er hinüber zur Tech-Säule, als diese das Signal von sich gab, das einen eingehenden Anruf ankündigte. Obwohl der Richter mit der steinharten Frisur ihm nun viel umgänglicher vorkam, war Ion doch froh darüber, dass dieser in ein Gespräch mit den anderen verwickelt war und ihn nicht zur Säule begleitete, um dem Gespräch mit Erom beizuwohnen.

Ion legte einen Finger auf eine sanft aufleuchtende Sensorfläche an der Tech-Säule. Eine Verblendung fuhr herunter und offenbarte einen Bildschirm, auf dem der Droide Erom zu sehen war. Er sah aus wie eine Rüstung aus Metall in Blau und Silber. Zwei kreisrunde, blau leuchtende Kameras strahlten aus dem Kopf heraus. Hinter ihm erkannte Ion den Hauptcomputer der Insel Tekion, ein Raum voller Glaskästen, gefüllt mit blinkender Elektronik.

„Hallo Erom", begrüßte Ion den Droiden. Die mit Humor ausgestattete künstliche Intelligenz machte mit einer Hand das Symbol für Frieden und antwortete: „Liebe und Frieden, Bruder."

Ein Holo-Wesen materialisierte sich aus dem Nichts vor dem Droiden und schaute Ion mit großen Augen an; eine Gestalt aus Licht, kaum größer als eine menschliche Faust, mit Ohren, die nochmal so hoch wie das Wesen selbst waren und in die Höhe ragten. „Hallo Neo Bunny", begrüßte Ion das Hologramm.

„Ein Schwarm von Feen ist auf dem Weg zu Euch", informierte Erom den Richter von Geroda. „Sie werden dabei helfen, die Gegend zu erkunden, die Tiere zu erforschen und deren Verhalten zu protokollieren. Weiterhin ist ein Richter aus dem Dorf Feuertal auf dem Weg zu Euch. Die Leute dort haben ebenfalls unter vermehrten Angriffen aggressiver Tiere zu leiden."

„Ja, der ist schon hier eingetroffen", sagte Ion wenig begeistert mit einem Blick zu Samush.

„Ausgezeichnet", antwortete der mechanische Richter, und seine Augen vergrößerten sich. Ion glaubte, für einen Augenblick eine weiße Gestalt hinter Erom zwischen den Glaskästen gehen zu sehen. Er stutzte und zeigte auf die entsprechende Stelle an seinem Bildschirm. Doch bevor er etwas sagen konnte, sprach dieser schon weiter.

„Ich habe mir erlaubt, eine neue Produktionsreihe zu starten", erwähnte der Droide. „Der erste Prototyp ist fertiggestellt und wirkt vielversprechend. Ich werde Euch bald jemanden zu eurer Unterstützung schicken können, um die Probleme in den Griff zu bekommen."

„Gut", sagte Ion, der nicht genau wusste, worum es geht, aber auch zu abgelenkt war, um nachzufragen. Er zeugte erneut auf den Bildschirm und öffnete den Mund, aber wieder kam ihm Erom zuvor.

„Eine Fee ist vor drei Tagen bei einem Erkundungsauftrag auf dem Kontinent verloren gegangen“, teilte er Ion mit. Seine Augen verkleinerten sich dabei. „Die Umstände sind noch unklar. Zuvor hatte sie jedoch noch Daten übermittelt, die Euch interessieren könnten. Sie scheint eine maschinelle Anlage entdeckt zu haben, die offenbar in Betrieb ist, obwohl noch kein Gnom dort war, seit Du Gnom 33 aktiviert hattest.“

Ion erinnerte sich gut an den kleinen Roboter für Reparaturen und Instandhaltungen, der seit langer Zeit nach der großen Katastrophe wieder auf dem Planeten aktiv geworden war. Er selbst hatte ihn wieder angeschaltet. Allerdings war er nicht der erste, sondern der zweite gewesen. Der erste wurde noch für ein feindlich gesonnenes Wesen gehalten, welches das Dorf angreifen würde. Er war erschossen worden.

„Ich habe vorhin auch eine Fee verloren!“, fiel Ion zu dem Bericht des Droiden ein. „Es war auf dem Rotstein-Plateau. Es sah so aus, als wenn eine Gestalt nach der Fee gegriffen hätte, obwohl sie noch gar nicht in Reichweite war, aber dann brach der Kontakt ab.“

„Hast Du keine weitere Fee hingeschickt, um die Lage zu überprüfen?“, frage Erom.

Zerknirscht schüttelte Ion den Kopf. „Ich hatte keine mehr dabei, und dann auch kam Samush vorbei“, erklärte er.

„Die beiden Vorfälle könnten in Zusammenhang zu stehen. Der von mir erwähnte Vorfall spielte sich ebenfalls in relativer Nähe zum Rotstein-Plateau ab", erläuterte der Richter von Tekion. „Ich sende Dir die Informationen zu, vielleicht wollt Ihr der Sache nachgehen."

Auf dem Bildschirm erschien eine Karte. Sie enthielt Markierungen und unvollständige Grundrisse einer von Menschen angelegten Struktur.

„Nehmt jedoch biologische Scanner mit", riet Erom mit großen Augen. „In einem großen Umkreis um die Anlage herum scheinen keine Pflanzen zu wachsen. Möglicherweise ist die Umgebung für Euch giftig!"

Ion nickte. Er stockte, als er wieder für einen winzigen Augenblick eine weiße Gestalt zu sehen glaubte, die sich Erom von hinten näherte. Dann wurde das Bild zu einem Chaos an Farben und Formen.

„Alles in Ordnung, Erom?", rief Ion alarmiert. „Ich sehe Dich nicht mehr!"

„Auf dieser Seite der Leitung ist der Wohlfühlfaktor ganz oben", antwortete der Droide im sachlichen Tonfall. „Der visuelle Datenstrom wird nur gerade missbraucht, wie ich an den Übertragungsprotokollen erkennen kann."

Die Worte beunruhigten den Richter des Dorfes. Das Bild wurde wieder klar und Erom war wieder deutlich zu sehen. Auf Ions Seite des Bildschirms materialisierte sich Neo Bunny, eines der Holo-Wesen von Tekion, das mit einer künstlichen Intelligenz unterer Stufe ausgestattet war und keinen äußeren Befehlen gehorchte. Ion entspannte sich erleichtert. Die kleine Lichtgestalt schmiegte sich an seine Hand.

„Wenn unser Besucher Dich sieht, regt er sich bestimmt auf“, seufzte er. Ob Neo Bunny ihn verstanden hatte, konnte er nicht sagen, aber das Holo-Wesen hüpfte einfach durch die Wand der Tech-Säule und verschwand dort.

„Passt gut auf!“, warnte Erom. „Zent ist irgendwo dort draußen und ist eine Gefahr für uns alle. Jeder unliebsame Vorfall könnte direkt oder indirekt mit ihm zusammenhängen.“

Ion nickte wieder. Zent war ein gerissener Kopf, ein talentierter Kämpfer und vermutlich völlig verrückt. Ion war ihm auf Tekion begegnet und dachte mit Schaudern daran zurück. Keiner wusste, wo er hergekommen war, aber er hatte sich als skrupellos und egoistisch erwiesen und hielt sich nicht an den Bürger-Kodex; das Werk über akzeptierbares und nicht akzeptierbares Verhalten, wie Menschen miteinander umgehen sollten, um friedlich und kooperativ zum Wohle der Gemeinschaft zusammenleben zu können.

Ion verabschiedete sich von Erom und sah gerade noch verwundert, wie der Droide sich zur Seite drehte und offensichtlich mit jemandem dort sprach, der nicht auf dem Bildschirm zu sehen war. Einen Augenblick lang dachte er darüber nach, dann berührte er achselzuckend den Sensor, wodurch die Verblendung wieder schützend vor den Bildschirm fuhr, und kehrte zur Gruppe zurück.

„Ja, ich war dort“, sagte Samush gerade. „Der Roboter hatte mir ein Fluggerät geschickt, das mich nach Tekion gebracht hat. Der Turm war sehr eindrucksvoll, obwohl er sich noch in Reparatur befand. Genervt hatten diese dicken, weißen Informationsroboter, die überall rumstanden und Fragen stellten und über das Wetter geredet haben."

„Ach, funktionieren die jetzt? Wie schön!", sagte die Jägerin Morafey fröhlich. „Als wir dort waren, wussten wir nicht, ob das nur Statuen sind oder ob die auch was können."

„Auf die Nerven gehen können die, und das reichlich", bestätigte Samush. „Es hat eine Weile gedauert, bis ich einen von ihnen angefahren habe, dass ich nicht mit ihnen reden will. Dann waren sie aber tatsächlich auch still."

Der Wächter Bero kam von seiner Arbeit und sah seine Freunde und den Neuankömmling an der Feuerstelle sitzen. Beim Näherkommen sah er die Frisur des Besuchers und musste lachen. Er lachte - wie immer - laut, tief und aus ganzem Herzen. Die große und eindrucksvolle Figur des bei weitem stärksten Mannes im Dorf gab einen guten Resonanzkörper ab.

Als der Richter aus Feuertal sich zu ihm umdrehte, erkannte er nicht, worüber Bero lachte, denn der hatte seinen Blick inzwischen von ihm abgewandt und lachte nun seine Freunde an. Doch als der Wächter die Gruppe erreicht hatte, musste er einfach die Frisur von Samush anfassen und lachte erneut los. Schließlich begrüßte er den Besucher mit einem zu festen Handschlag und einem verunsichernd starken Schlag auf die Schulter, und sie stellten sich einander vor.

Bero setzte sich dem Richter aus Feuertal gegenüber. Über dessen Schulter hinweg sah er, wie

Norak sich näherte; ein kleiner, dicker Mann aus der Gilde der Wissenschaftler. Er hatte kurze, dunkle Haare und einen Vollbart. Seine großen Augen standen scheinbar nie still und kullerten immerzu zwischen den Leuten und den Dingen vor seiner Nase hin und her.

Er brachte einen weiteren Unbekannten mit. Bei seinem Anblick musste Bero sofort wieder lachen. Es war ein kleiner, drahtiger Mann in schlammfarbener Kleidung mit einem flachen, hellbraunen Hut aus Stracksen-Stroh auf dem Kopf. Es wirkte, als hätte er etwas zu kurze Beine, doch er lief entspannt und in aller Ruhe auf die Gruppe zu, während Norak angestrengt doppelt so viele Schritte machen musste.

„Guten Tag wünsche ich. Ich bin Manjaro, Jäger aus Liberin", stellte er sich förmlich vor, deutete an seinen Hut zu ziehen und verneigte sich leicht vor der Gruppe. „Ich grüße Euch von Richterin Kessaya, die mir empfohlen hat, Euch aufzusuchen", sagte er hauptsächlich mit Blick auf Ion.

„Das wird ja anscheinend noch eine richtige Versammlung hier", kommentierte Shana und stand auf. „Ich werde mal Godina rekrutieren und ein paar Leckereien organisieren."

Sie ging an Manjaro vorbei, der dies zum Anlass nahm, wieder an seinem Hut zu ziehen und sich zu verneigen, bevor er sich neben Bero setzte, der doppelt so groß wirkte wie der Jäger aus Liberin und ihn breit angrinste. „Und was können wir für Dich tun, kleiner Mann?", fragte er frech.

*

Kessaya machte ihren Rundgang durch Liberin. Sie war die Richterin des Dorfes und trat so forsch und bestimmt auf, dass jeder auch sofort ihre Rolle akzeptierte. Niemand würde es jemals wagen, den Einwand anzubringen, dass sie doch erst ein kleines Mädchen sei.

Mit Stiefeln, die an ihr schwer und groß erschienen, schritt sie zielsicher voran. Ihr feuriger Blick eilte ihr voraus und strahlte zwischen ihren dunkelroten Locken hervor, die einen schwarzen Zylinder trugen. Die Hosenträger ihrer Hose liefen über ein Hemd mit Spitzen und Rüschen und an einem von ihnen war das richterliche Abzeichen befestigt.

Heute führte ihr Weg sie intuitiv in das technische Lager, das erst vor kurzem eilig und provisorisch eingerichtet worden war, um Liberin schon mal mit technischen Geräten auszustatten, die dem Dorf bis dahin gefehlt hatten und von denen man erwartete, dass sie demnächst wichtige alltägliche Gebrauchsgegenstände werden würden.

Es war noch nicht lange her, dass Kessaya die Insel Tekion erkundet und dort ihre jetzigen Freunde aus Geroda kennengelernt hatte, um die Geheimnisse der verlorengegangenen Technik zu ergründen. Erfolgreich reaktivierten sie gemeinsam das System, welches sich von da an selbst weiter reparieren und versorgen würde, und die Menschheit des gesamten Planeten schlussendlich wieder mit Technik bereichern würde, um Sicherheit und Komfort für jeden zu gewährleisten.

„Naja, *fast* jeden!", kommentierte sie leise ihre eigenen Gedanken, während sie die Tür öffnete.

Wie angewurzelt blieb sie stehen, als sie in die Augen einen Jungen schaute, der sich überraschenderweise hier aufhielt. Hatte er womöglich ihre Worte gehört?

„Was machst Du hier?", fuhr sie ihn an, ihre Unsicherheit überspielend.

„Ich mache mich mit den technischen Geräten und ihren Funktionen vertraut", antwortete dieser prompt und schaute sie mit großen Augen an. Sein Kopf mit den kurzen, nach oben stehenden blonden Haare erinnerten Kessaya an eine Stachelrobbe. In der Brusttasche seines grobmaschigen karierten Hemdes steckte bereits ein Gerät, in seinen Händen hielt er ein anderes.

Um ihn herum standen die verschiedensten Geräte und Apparaturen in unterschiedlichen Größen ungeordnet auf dem Boden sowie in Regalen und auf Tischen. Das eine oder andere war angeschaltet, hier und da leuchteten kleine Lämpchen.

„Pass auf, Du machst die Sachen kaputt!", unterstellte sie ihm.

Lächelnd schüttelte dieser den Kopf. „Ich bin Techniker", entgegnete er im beruhigenden Tonfall.

Kessaya lachte. „Du bist doch eine Stachelrobbe!", rief sie. Dann stockte sie und schlug sich eine Hand vor den Mund, selber überrascht und bestürzt über ihren eigenen, unüberlegten Ausruf. Sie hatte nicht vorgehabt, beleidigend zu sein. Aber der Junge lachte laut los und dann musste sie auch wieder lachen.

„Das will ich testen", sagte die Richterin schließlich. „Was ist ein Radio?", fragte sie herausfordernd.

Mit einem sicheren Lächeln, das Unterforderung verriet, stellte der Junge das Gerät in seinen Händen auf dem Tisch vor ihm ab und zog das Gerät aus seiner Brusttasche hervor. „Ein Gerät für Kommunikation, speziell für die Übertragung von Sprache in Echtzeit ausgelegt", begann er seine Erklärung. „Es gibt verschiedene Frequenzen und damit verschiedene Sender, auf denen die Daten übertragen werden. Die technischen Einzelheiten über die Funktionsweise sind aber schwierig zu erklären."

„In Ordnung, und was ist ein Terminal?", fragte Kessaya, noch nicht überzeugt.

Der Junge steckte das Radio wieder in seine Brusttasche und schaute sich kurz um, fand jedoch kein Terminal zum Präsentieren. Er gestikulierte unsicher, während er antwortete: „Ein Eingabegerät, das mit den Händen bedient wird. Es dient als Schnittstelle zwischen einem Menschen und einem Computersystem -"

Mit einer einzigen Geste unterbrach Kessaya ihn. Sie wirkte zufrieden. „Gut, Du bist also Techniker", bestätigte sie lächelnd. Dann blickte sie ihn unsicher an und errötete um ihre Sommersprossen herum. „Und wie heißt Du?", fragte sie.

„Pandor", antwortete der Junge.

„Das passt zu dir", antwortete die Richterin.

„Ist das ein passender Name für eine Stachel-robbe?", fragte Pandor im gespielt naiven Tonfall.

Kessaya konnte nicht anders als zu lachen und noch mehr zu erröten. „Tut mir wirklich leid, das ist mir so raus gerutscht", entschuldigte sie sich.

„Kein Problem", antwortete der junge Techniker. „Und wie heißt Du?"

„Kessaya", antwortete sie.

„Oh, *die* Kessaya", entfuhr es Pandor, fast ehr-fürchtig. „Ich hab schon viel von Dir gehört", sag-te er und betrachtete sie kurz nochmal eingehend, bevor er etwas leiser hinzufügte: „Ich hab dich für größer gehalten."

Empört atmete die kleine Richterin hörbar ein. Ihre Wangen glühten. Dann verharrte sie einen Augenblick lang. „Vermutlich nachvollziehbar", presste sie schließlich zwischen den Lippen hervor und entspannte sich wieder. Eine kurze Pause ent-stand.

„Das wird schon noch", sagten dann beide gleichzeitig und lachten.

„Na gut, ich werde jetzt meinen Rundgang fort-setzen", erklärte Kessaya. „Ich werde später wie-der vorbeischauen um zu sehen, was Du hier so treibst. Viel Erfolg bei deiner Arbeit und schön, dass Du hier bist. Wir brauchen Dich!"

Sie machte kehrt und ließ Pandor im techni-schen Lager alleine zurück. Ein wenig Stolz erfüll-te ihn über die zuletzt an ihn gerichteten Worte und er lächelte zufrieden. „Dann macht sich die

Stachelrobbe mal wieder an die Arbeit", sagte er zu sich selbst und setzte seine Untersuchungen an dem Gerät vor ihm fort.

Hätten seine Haare nicht bereits nach oben gestanden, sie hätten es spätestens jetzt getan. Er wurde bleich und fasste sich an die Brust, als plötzlich eine sanfte, weibliche Stimme ganz in seiner Nähe wie ein Windhauch flüsterte: „Hallo. Bist Du alleine?"

„Die Umgebung von Liberin wird in letzter Zeit vermehrt von wilden Tieren heimgesucht", begann Manjaro damit, der Gruppe sein Anliegen zu erklären.

„Das scheint zur Zeit ein Problem aller Dörfer zu sein", warf Samush ein.

„Auch die Pflanzenwelt um unser Dorf herum scheint sich anzupassen und aggressiver zu werden", fuhr der Jäger fort. „Es gibt jetzt mehr Fleischfresser, mehr Dryaden, mehr giftige und ungenießbare Pflanzen als in der Vergangenheit."

„Das ist uns in Feuertal noch nicht aufgefallen", unterbrach ihn Samush wieder. „Das sollten wir vielleicht in allen Dörfern überprüfen und unsere Ergebnisse miteinander abgleichen", schlug er Ion vor. Der spürte bei sich selbst und nahm auch bei den anderen wahr, dass diese Unterbrechungen unpassend erschienen, nickte eilig und machte beschwichtigende Gesten, um den Richter aus Feuertal zum Schweigen zu bringen und Manjaro durch Zunicken zum Weiterreden zu motivieren.

Der Jäger fuhr fort: „Vor allem aber vermissen wir Menschen. In den letzten Tagen sind immer wieder Leute verschwunden, darunter auch gute Jäger. Ich kann mir nicht vorstellen, dass ihr Verschwinden alleine durch die Veränderungen in der Tier- und Pflanzenwelt zu erklären sind. Wenn doch, ist dieses Problem wesentlich größer als bisher eingeschätzt."

„Hast Du einen bestimmten Verdacht?", fragte Naga. Er spürte bereits, dass Manjaro dazu eine Vermutung hatte, die er zögerte auszusprechen.

Manjaro nickte und schaute zu Ion rüber. „In eurem Abenteuer-Bericht erwähnt Ihr eine Person, die anscheinend keinen Gemeinschaftssinn kennengelernt hat und ohne Rücksicht handelt."

„Zent", bestätigte Ion. „Ja, theoretisch ist ihm wohl alles zuzutrauen. Allerdings muss er schwer verletzt worden sein, als wir das letzte Mal etwas mit ihm zu tun gehabt haben. Er ist vielleicht auch tot oder hat einen Denkzettel verpasst bekommen, von dem er sich nicht wieder erholt."

„Was wir aber nicht mit Sicherheit wissen", wandte Naga ein.

Manjaro nickte. „Es ist inzwischen eine Weile her, da hatten verschiedene Bewohner Liberins über mehrere Tage hinweg immer wieder eine Gestalt um das Dorf schleichen sehen, die niemandem bekannt vorkam, die aber anscheinend auch den Kontakt mied. Natürlich kann das jeder beliebige Jäger gewesen sein, aber meine Nachforschungen ergaben, dass es zumindest keiner aus unserem Dorf war, ebenso wenig einer der anderen Bürger, die ich dazu befragt hatte. Kessaya erwähnte dann mir gegenüber die Befürchtung, es könne sich vielleicht um diesen besagten Zent handeln. Schließlich dann wurde die Gestalt nicht mehr gesichtet, aber nun verschwinden eben Leute."

Samush atmete hörbar ein, mit einem Seitenblick zu Ion presste er jedoch nur die Lippen aufeinander und ließ die Luft wieder wortlos entweichen.

„Der Sache müssen wir unbedingt nachgehen", stellte Ion fest und begann damit, die derzeitigen Probleme zusammenzufassen und mit den Fingern abzuzählen: „Gefährliche Tiere, gefährliche Pflanzen, Feen verschwinden, Menschen verschwinden, …"

„Feen verschwinden?", fragten Morafey und Naga gleichzeitig.

Im gleichen Moment begann auch Norak zu reden, unruhig hin und her rutschend: „Was das Verschwinden von Menschen betrifft, da gibt es vielleicht eine Lösung, die zumindest in der Zukunft Besserung verspricht."

Er holte fünf Muscheln aus der Tasche, kleine elektronische Geräte, die Signale von sich geben konnten. Jede Muschel hatte ihre eigene einmalige Identitätsnummer, durch die sie sich von allen anderen Muscheln unterschied. Alle fünf Muscheln waren mit einer Schnur versehen worden. Jede war mit einem Gravurstift mit unterschiedlichen Namen versehen worden. Norak verteilte die Muscheln ihren eingravierten Namen entsprechend an Morafey, Naga und Bero. Ion übergab er zwei, eine für den Richter selbst und eine für seine Frau Shana.

Samush und Manjaro sahen die Muscheln zum ersten Mal und blickten erwartungsvoll zu Norak, auf eine Erklärung wartend.

Der Wissenschaftler räusperte sich nervös und erklärte dann: „Jede Muschel hat ihr eigenes, individuelles Signal. Dieses System wurde schon früher angewandt. Ich habe es überprüft: Die Tech-Säule besitzt ein Programm zur Überwachung der Muschel-Signale. Solange Ihr Euch also in einem bestimmten Umkreis um das Dorf herum befindet, weiß die Tech-Säule immer, wo Ihr Euch befindet. Diese Daten werden gespeichert und können im Falle eines Verschwindens zurückverfolgt und untersucht werden. Und wir können jeden einzelnen Menschen mit einer Muschel ausstatten!“

„Sehr gut“, rief Ion erfreut aus und hängte sich seine Muschel gleich um den Hals. Auch Morafey und Naga schienen die Idee zu befürworten, hielten ihre neuen Geräte in der Hand und betrachteten diese eingehend.

Bero schaute sich seine Muschel kritisch an. Zwei junge Frauen, ein offensichtliches Liebespaar, schlenderten in einiger Entfernung über den Ratsplatz. Bero grinste zu ihnen hinüber und meinte: „Ich will gar nicht, dass die Säule immer weiß, wo ich bin und was ich gerade mache.“

Norak folgte seinem Blick, verschluckte sich dann und huste eine Weile. Manjaro lehnte sich vor und klopfte ihm mit einem „na, na“ fürsorglich auf den Rücken. Schließlich fasste der bärtige Wissenschaftler sich wieder und entgegnete: „Die Muscheln lassen sich jederzeit an- und ausschalten, und bei Bedarf kann man ein besonderes Signal senden, das zum Beispiel benutzt werden könnte, um nach Hilfe zu rufen.“

„Ja“, bestätigte Ion, „das haben wir schon auf unserer Reise nach Tekion gemacht. Mit dem zusätzlichen Signal haben wir eine wunderschöne Höhle gewissermaßen markiert."

„Da müssen wir unbedingt wieder hin!", rief Bero, augenblicklich begeistert und von seinen Erinnerungen an diesen Ort vollkommen eingenommen, mit verklärtem Blick die Muschel in seiner Hand betrachtend. Schließlich kam er wieder zurück in die Gegenwart. „Na gut", erklärte er seine Einwilligung und hing sich die Muschel um den Hals. Dabei blickte er in den Himmel, erblickte dort etwas und deutete darauf, sodass alle ihren Blick dorthin wandten.

Sie beobachteten gespannt das kleine, helle Objekt am Himmel, das sich schnell näherte. „Ist das Erom?", fragte Ion schließlich. „Dann hat er sich wohl umgezogen", entgegnete Bero. Der weiße Droide glitt elegant durch die Luft. Er saß in einer minimalistischen Konstruktion aus einem Sitz, ein paar Stangen und zwei großen Propellern über ihm. Seine Hände hielten sich an Griffen fest, mit denen man das Fluggerät anscheinend steuerte, das nun geradezu aus der Luft zu fallen schien. Doch knapp über dem Boden bremsten die Propeller den Fall, und die Maschine landete mit perfekter Präzision wenige Meter entfernt von ihnen. Dünne Sicherheitsbügel entfernten sich von den Füßen und der Hüfte des Droiden, der aus dem Sitz aufstand und sich der Gruppe näherte.

Shana kehrte zurück und brachte die Bäckerin Godina mit, eine kräftige junge Frau mit offenen, blonden Haaren. Sie trugen Körbe mit Früchten, Nüssen und frischem Gebäck bei sich sowie Kannen mit Tee und Wasser. Gleichzeitig mit dem Droiden erreichten sie die Feuerstelle.

„Danke, das wär doch nicht notwendig gewesen", scherzte die wandelnde weiße Rüstung mit einer abwehrenden Geste und winkte dann ab. Eines der blau leuchtenden Augen ging für einen Augenblick aus und wieder an; es wirkte wie ein Augenblinzeln.

„Hallo, ich bin Karom", stellte sich der Droide vor und machte eine große begrüßende Geste. „Ich bin ein Jäger von Tekion. Erom schickt mich, um Euch im Kampf gegen wilde Kreaturen zu helfen sowie bei der Erkundung der neu entdeckten Anlage im Ödland, wenn das gewünscht ist. Ich bin jedoch vielseitig einsetzbar. Sagt mir einfach, was ich für Euch tun kann. Ob Frisurengestaltung, Kinderbetreuung, den Rasen mähen oder komplexe mathematische Gleichungen lösen – ich bin euer Mann. Also - Droide."

Ion wirkte erfreut. Naga und Morafey schmunzelten über die Vorstellung von Karom. Samush sah entsetzt aus. Shana, Godina und Manjaro machten nur große Augen. Bero stürzte den Kopf in seine Hände und sagte theatralisch: „Oh nein, schon wieder so ein Witzbold!"

„Das darf doch nicht sein", rief Samush entsetzt, sprang auf und blickte herum um zu überprüfen, ob er der einzige war, der so fühlte. Er wandte sich an die Gruppe. „Hier läuft doch etwas grundlegend falsch! Seht Ihr das nicht? Wo kommt der auf einmal her? Was macht der hier? Gibt es noch mehr von der Sorte?"

Ion und Bero wollten ihn beschwichtigen, doch Karom antwortete ihm bereits: „Ich wiederhole mich gerne. Mein Name ist Karom. Ich bin ein Jäger-Droide und wurde vor drei Tagen auf der Insel

Tekion hergestellt und aktiviert. Ich wurde – wie bereits erwähnt – von Erom, dem Richter von Tekion, zu Euch geschickt. Ich bin hier, um Euch bei euren aktuellen Problemen zu unterstützen oder, wenn Euch das lieber ist, andere Aufgaben zu übernehmen. Und was deine letzte Frage betrifft –"

Ion und Bero folgten ihrem Instinkt, fielen ihm gleichzeitig ins Wort und warfen einander dabei verschwörerische Blicke zu. Bero brachte nur ungeformte Laute hervor. „Eins nach dem anderen", sagte Ion hastig. „Du bist also Jäger. Das ist spannend. Ich habe mir neulich erst überlegt, auch die Ausbildung zu machen. Das Wissen und die Fähigkeiten, die dort vermittelt werden, erscheinen mir mit jedem Tag wichtiger zu werden."

„Ich bin dein Mentor", riefen Naga und Morafey gleichzeitig. Morafey schaute ihren Lehrer empört an. „Du hast doch mich", wandte sie ein. Naga lächelte. „Du bist zwar jetzt eine offizielle Jägerin", erklärte er, „aber Du brauchst noch mehr Praxis, bevor Du andere Leute ausbildest."

Morafey spielte die Beleidigte.

„Mach dir nichts draus", sagte Bero im besänftigenden Tonfall zu Samush, „ich habe bei Erom – und ebenso bei den Gnomen – auch starke Bedenken gehabt, ob man ihnen trauen kann. Das wird sich schon noch ändern. Spätestens, wenn Karom Dir das Leben rettet, denkst Du anders darüber. Versprochen!"

Der Richter aus Feuertal schnaubte nur verächtlich und verschränkte die Arme vor der Brust.

Manjaro näherte sich währenddessen neugierig dem Fluggerät. Probeweise setzte er sich auf den Sitz und legte die Hände an die Griffe. Er entdeckte die Schalter und Steuermöglichkeiten. Karom drehte sich zu ihm um, als sich die Sicherheitsbügel um dessen Hüfte und Füße legten. „Es wäre gefährlich und unüberlegt, das Fluggerät ohne ausführliche…", fing der Droide an. Doch mit einem lauten Schrei von Überraschung und Begeisterung schoss Manjaro bereits in die Luft und war von einem Augenblick auf den anderen nur noch ein Punkt am Himmel.

„Keine Sorge, der kommt schon wieder runter", erklärte Bero sorglos. Sie beobachteten, wie Manjaros Hut aus hoher Luft zu Boden trudelte. „Daran habe ich überhaupt keine Zweifel", entgegnete Karom.

Samush blieb der Mund offen stehen, als Ion sich einfach an Norak wandte.

„Nochmal zu den Muscheln. Du hast von einem bestimmten Umkreis um das Dorf gesprochen, in dem sie funktionieren. Was ist denn, wenn wir uns weit entfernt vom Dorf befinden?", fragte er nach.

„Das ist im Augenblick noch ein Schwachpunkt des Systems", antwortete der Wissenschaftler verlegen. „Jedes Dorf hat eine Tech-Säule welche die Signale erfassen kann. Auch andere Einrichtungen könnten diese Signale theoretisch empfangen und speichern. Sie müssten nur einmal darauf eingestellt werden, dann wird das auch dauerhaft passieren. Aber in der Wildnis, weit entfernt von technischen Empfängern, geht das Signal leider einfach verloren."

„Feen könnten Abhilfe schaffen", schlug Karom vor. „Sie sind in der Lage, Muschel-Signale in der Nähe zu orten, zu überwachen, zwischenzuspeichern und dann weiterzuleiten, sobald sich dazu die Gelegenheit ergibt."

„Aber auch Feen können uns ja nicht alle einzeln überwachen", wandte Morafey ein.

„Innerhalb der Dörfer bedarf es keiner Überwachung. Jeder Jäger könnte jedoch eine Fee mit auf seine Mission nehmen", erläuterte der Droide. „Bestimmte Routen und Wege, die regelmäßig benutzt werden, könnten von unabhängigen Feen patrouilliert und überwacht werden. Das Extra-Signal der Muschel könnte als Anweisung gelten, die nächste Übertragungs-Station aufzusuchen und die gesammelten Daten von dort aus weiterzuleiten."

„So viele Feen haben wir gar nicht", meinte Norak.

„Ein großer Schwarm von Feen fliegt in diesem Augenblick bereits in der näheren Umgebung herum", erklärte Karom. „Sie sind für die Überwachung der wilden Tiere vorgesehen, können aber gleichzeitig ein Übertragungsnetzwerk formen, welches die Reichweite der Tech-Säule erheblich steigern würde. Ich fordere aber gerne noch ein paar mehr an."

„Ihr seid so sorglos", kritisierte Samush verzweifelt. „Dass Mangiare dort oben hilflos durch die Luft fliegt und sich beim Aufschlag alle Knochen brechen wird, lässt Euch scheinbar völlig kalt!"

Alle Augen richteten sich auf ihn. „Was schlägst Du vor, wie sollen wir *Manjaro* helfen?", fragte Naga ganz sanft und ruhig, nach einem Augenblick der Stille. Er nannte den Namen des Jägers, den Samush falsch ausgesprochen hatte, betont etwas langsamer.

Samush überlegte angestrengt und legte die Stirn dabei in Falten. Schließlich fiel ihm jedoch nichts ein. Mutlos ließ er Kopf und Schultern hängen.

„Jetzt essen wir erst einmal etwas", sagte Shana betont beruhigend zum Richter aus Feuertal und brachte ihn dazu, sich hinzusetzen. Sie setzte sich neben ihn.

Godina setzte sich auf seine andere Seite. Sie drückte ihm ein Stück Kuchen in die Hand. „Den hab ich selbst gemacht", sagte sie. Auch sie sprach im sanften Ton zu Samush. „Du glaubst, Du hast Probleme? Ich sag dir was: Probleme kriegst Du, wenn Du sagst, der schmeckt nicht!"

*

[Plog: Yotto, Liberin]

Dies ist ein Erkundungsbericht von Yotto aus Liberin. Ich habe das Gebiet erkundet, welches die Koordinaten umgibt, die ich mit diesem Bericht verknüpft habe. Ich hoffe, dass ich das richtig gemacht habe; dies ist mein erster Versuch.

Die Gegend hier ist atemberaubend. Jenseits der Route der Horngiganten findet man bereits eine ganz andere Pflanzen- und

Tierwelt vor, aber ich bin noch ein gutes Stück weitergereist. Das Gebiet ist eine wunderschöne, grüne Ebene zwischen Bergen und Bäumen. Zwei Bäche fließen hier entlang, in denen ich faszinierende glitzernde Steine gefunden habe. Aber auch im Gras und im Gestein der Felsen scheinen sich ganz besondere Mineralien und Gesteinsarten finden zu lassen.

Eine besonders große Art von Bienen lebt hier und baut sich selbst große und stabile Bauten aus einer speziellen klebrigen Erde, die es hier zu finden gibt. Sie scheinen friedlich zu sein. Mir ist auch eine relativ zutrauliche Art von Tieren begegnet, die sich Höhlen in die Erde bauen. Sie erinnern mich an Kugelbären, sind jedoch schlanker, aktiver, wirken intelligenter und scheinen so etwas wie ein komplexeres Lautsystem zu besitzen, mit denen sie sich untereinander verständigen können.

Natürlich bin ich auch auf größere wilde Tiere gestoßen, die hier heimisch sind. Panzerbiester sind mir scharenweise begegnet, große Flugechsen mit riesigen Schnäbel und eine Art, die mich an das Terrorschwein erinnert, aber größer und nicht ganz so aggressiv ist und sich als Gebüsch tarnt. Ich bin mir noch nicht sicher, ob sie sich dafür Gestrüpp suchen müssen oder ganz natürlich so aussehen.

Im Grunde genommen erscheint mir die Gegend hier friedlicher, als es derzeit bei uns zu Hause zugeht.

Was mich aber völlig verrückt macht, das sind die Höhlen. Es gibt hier anscheinend ein riesiges System unterirdischer größerer und kleinerer Höhlen von anmutiger Schönheit und Faszination. Es gibt dort Tropfsteine und funkelnde Kristalle, Wasserstellen, Stellen an denen Pflanzen wachsen und Stellen an denen Tiere ihr zu Hause haben.

Ein paar Höhlen habe ich erkunden können, andere sind zu schwer zugänglich und gehen auch einfach zu weit und zu tief rein. Es könnte Tage dauern, das System zu erkunden und alleine schon wegen der schweren Zugänglichkeiten könnte es auch gefährlich sein. Für eine genauere Erkundung bin ich nicht gut genug ausgerüstet und es wäre wohl auch ratsam, die Untersuchungen mit einer größeren Gruppe fortzuführen.

Doch alleine schon wegen der unglaublichen Schönheit der Höhlen kann ich mir vorstellen, mich hier anzusiedeln. Nicht nur das: möglicherweise könnte man ja sogar teilweise die Höhlen selbst als Lebensraum erschließen.

Ich kehre nun erst einmal zurück nach Liberin und stelle eine Gruppe zusammen, um die Höhlen und die Gegend weiter zu erkunden. Wenn es so läuft, wie ich es mir vorstelle, kommen wir mit mehreren Fahrzeugen wieder und bauen am Eingang des Höhlensystems ein Lager auf. Vielleicht können wir auch Feen mitnehmen, die bei der Erforschung der Höhlen helfen könnten.

Sollte also jemand dieses Plog lesen: Vielleicht habt Ihr ja Interesse, Euch selber mal hier umzusehen. Kommt als Gruppe und bringt Werkzeug zum Klettern mit. Verknüpft Eure Berichte mit meinem, sodass wir voneinander erfahren. Ich glaube jedenfalls, dass das so funktioniert. Oder schickt mir eine Nachricht.

*

Manjaro kam schließlich sicher und wohlbehalten wieder zu Boden geflogen. Bero lachte beim Anblick seiner kurzen, stoppeligen Haare. „Achso, deswegen trägst Du den Hut. Setz ihn lieber schnell wieder auf!", rief er provozierend. Manjaro lächelte nur und nahm dankend seinen Hut von Shana entgegen.

„Ein tolles Gerät", sagte er. „Das muss ich haben. Ideal zur Aufklärung!"

Karoms Augen gingen zweimal kurz hintereinander aus und wieder an. Es sah aus, als würde er blinzeln. Dann sagte er: „Gut. Das ist ein Elf, Du solltest Dich über die Aerie-Datenbank mit den Spezifikationen vertraut machen."

„Elf?", fragte Manjaro und wirkte nachdenklich, als würde er bereits ein inneres Bild mit dem Begriff verbinden, das aber nicht zu der Flugmaschine passte.

„Das ist ein Apronym für Einzelpersonen-Leicht-Fluggerät", erklärte der weiße Droide.

Manjaro schien verwirrt. „Ist das jetzt ein Elf oder ein ... Apronym?", fragte er unsicher.

Die Augen des Droiden gingen diesmal nur nur ein-mal aus, dafür für einen etwas längeren Moment. „Elf", antwortete er schließlich schlicht.

Ion positionierte in der Zwischenzeit verschie-dene Dinge auf dem Gras, welche die Umgebung des Dorfes repräsentieren sollten. Ion erläuterte ihre Bedeutungen.

„Hier sind wir, in Geroda", erklärte er und zeig-te auf die Teenuss. „Dies ist das Schwarze Gebir-ge", sagte er und hielt seine Hand über ein paar Steine.

„Die sind aber nicht schwarz", kommentierte Bero mit kritischem Blick.

„Hinter diesem langen, schmalen Wald", fuhr Ion ungerührt fort und deutete auf ein paar Halme aus Stracksen-Stroh, „befindet sich das Rotstein-Plateau, auf dem ich heute eine Fee verloren habe."

Das Rotstein-Plateau wurde von einem umge-drehten Kochtopf dargestellt.

„Du warst auf dem Plateau?", fragte Morafey neugierig.

„Nein, nur die Fee", erwiderte Ion. „Ich habe über meinen Helm durch ihre Augen geschaut, bis dort eine Gestalt zu sehen war. Sie schien nach der Fee zu greifen und dann brach der Kontakt ab."

„Eine Gestalt?", fragte Bero argwöhnisch. „Etwa Zent?"

Ion antwortete mit einem Achselzucken: „Ich glaube nicht."

„Und sie hat sich die Fee einfach gegriffen?", fragte Naga.

„Eigentlich war sie dafür zu weit weg, aber trotzdem brach dann der Kontakt zur Fee ab", antwortete Ion und versuchte, sich eine Erklärung auszudenken, die gut beschreiben sollte, was er gesehen hatte.

„Befindet sich nicht eine Aufzeichnung davon in deinem Helm?", fragte Karom.

„Das weiß ich nicht", rief Ion aus. Man konnte an seinem Tonfall hören, dass er daran noch gar nicht gedacht hatte. „Ich hole eben den Helm", erklärte er kurz entschlossen und eilte zum Fahrzeug, in dem der Helm noch lag.

Norak schaute abwechselnd auf ein Tablett in seiner Hand und die Gegenstände auf dem Boden und übernahm dann das weitere Beschreiben.

„Dies ist dann wohl die Engels-Ebene", erklärte er und zeigte auf ein paar dickere Zweige, die neben dem umgekehrten Kochtopf lagen. „Hier ist das Tal der Dryaden", sagte er mit einer Geste auf eine flache Schüssel, „und dort drüben die Sümpfe der Sylphen."

Ein wenig Laub stellte die Sümpfe dar. Übrig blieb ein flacher, erdfarbener Teller, auf dem ein kleiner Stein lag. „Das ist dann wohl das Ödland, in dem sich die maschinelle Anlage befinden soll", stellte der Wissenschaftler schließlich nach mehrmaligem Überprüfen der Anzeige seines Tabletts fest.

„Und diese Teenuss soll möglicherweise Feuertal sein", vermutete Samush und zeigte in die entsprechende Richtung, „aber sie liegt völlig falsch."

„Nein, das ist nicht Feuertal und soll es auch nicht darstellen", erwiderte Bero schnell. „Das ist meine", erklärte er, nahm sie und begann, sie zu essen.

Ion kam mit dem Helm in seinen Händen zurück und blieb unschlüssig stehen.

„Du kannst die Daten von der Tech-Säule auslesen lassen", schlug Karom vor. „Dann können wir alle die gespeicherten Daten auf dem Bildschirm sichten."

„Gute Idee", sagte Ion dankbar.

Der Droide winkte ab. „Dafür bin ich bekannt", behauptete er mit einem Schulterzucken.

Samush warf ihm einen verärgerten Blick zu und schnaubte.

Mit Karoms Hilfe übertrug Ion die Daten aus dem Helm an die Tech-Säule und ließ die Aufzeichnungen abspielen, welche die Fee auf dem Rotstein-Plateau gemacht hatte. Die letzten Bilder der Aufzeichnung sorgten für Aufregung.

„Das ist bestimmt Zent!", rief Bero aus. „Wer soll das sonst sein?"

„Die Kamera schien zum Schluss Fehlfunktionen zu haben", gab Nowak seine Beobachtungen wieder. „Vielleicht war dort überhaupt kein Mensch und die Fee ist nur kaputt gegangen."

„Die Gestalt war meiner Ansicht nach schon deutlich genug zu sehen gewesen um nicht als Kamerafehler abgetan zu werden, und sie kam mir auch sehr menschlich vor", wandte Naga ein. „Aber zumindest würde ich behaupten, dass dort ein Wesen war, dass einem Menschen ziemlich ähnlich sehen muss."

„Ähnlich sehen muss?", hakte Manjaro nach.

Naga deutete auf Karom. „Droiden sehen auf Entfernung auch relativ menschlich aus", erklärte der Jäger seine Gedanken. „Wir haben erst vor kurzem gelernt, Gnome und Feen nicht als böse Geister oder Gespenster zu betrachten, sondern als von Menschen selbst geschaffene Maschinen."

„Die Engels-Ebene", warf Morafey ein. „Vielleicht sind Engel ja ebenfalls Maschinen, die wie Menschen aussehen."

Samush brummte und zeigte Sorgenfalten auf seiner Stirn.

„Ihr kennt bestimmt alle die Gerüchte, die sich um das Rotstein-Plateau selbst ranken", ergänzte Naga seine Spekulationen. „Vielleicht befindet sich wirklich eine technische Anlage dort. Und nun soll sich auch noch eine maschinelle Anlage in dem Ödland dahinter befinden. Wer weiß, vielleicht leben dort Menschen."

Eine Jägerin näherte sich der Gruppe und blieb dann ein paar Schritte entfernt stehen. Sie trug eine für Jäger typische, leichte Rüstung, geschmeidig und trotzdem zäh. Sie bestand aus mehreren fest geschnürten Teilen in verschiedenen Grüntönen und betonte ihre weibliche Figur. Eine grüne Mütze zierte ihren Kopf; sie war etwas schräg positioniert und ließ die Jägerin frech wirken. Ihr langes, blondes Haar war zu einem Zopf geflochten. Sommersprossen zierten ihre Nase, über der hellwache, blaue Augen blitzten. Sie winkte Naga und Morafey zu sich heran.

„Schade, ich dachte, sie will zu mir", sagte Bero mit gespielter Enttäuschung.

Karom bediente in der Zwischenzeit die Konsole der Tech-Säule und auf dem Bildschirm wurde eine Karte sichtbar. Links unten auf der Karte befand sich das Dorf Geroda, mittig am oberen Bildschirmrand war das Rotstein-Plateau und seine Umgebung zu sehen. Mit ein paar weiteren Befehlen auf der Konsole wurden die Markierungen sichtbar, auf denen die Feen verschwunden waren: die eine auf dem Rotstein-Plateau, die andere nicht weit entfernt davon am Rand der Engels-Ebene.

„Gut, gehen wir die Angelegenheit untersuchen", schlug Manjaro vor.

Ion stutzte. „Ich dachte, wir teilen uns auf", wandte Ion ein. „Schließlich bist Du ja auch hier, weil Liberin Unterstützung gegen die wilden Tiere braucht. Samush braucht ebenfalls Unterstützung in Feuertal."

„Egal, wo wir hingehen, gemeinsam sind wir stärker", entgegnete der Jäger aus Liberin. „Untersuchen wir als erstes diese Anlage und finden eure Feen wieder, danach kümmern wir uns um die wilden Tiere."

„Ich bin der gleichen Meinung", stimmte Samush zu. „Bleiben wir zusammen."

„Das hat mir noch gefehlt, dass der mitkommt", raunte Bero Godina zu.

Diese gab ihm einen leichten Stoß in die Rippen. „Hey, ich mag ihn", entgegnete sie ihm im Flüsterton.

„Nur weil er deinen Kuchen so gut fand", behauptete Bero frech und warf einen Blick rüber zu den drei Jägern, die abseits der Gruppe standen. Die blonde Jägerin bemerkte das und schenkte ihm ein Lächeln und ein Zwinkern. „Mmmh, ich liebe Grübchen", brummte der große Wächter verträumt mit tiefer Stimme und war enttäuscht, als die Jägerin sich umdrehte und sich entfernte.

Ohne ein erklärendes Wort eilte Shana ihr hinterher, hielt sie jedoch nicht auf sondern begleitete sie. Ion blickte ihr kurz verwundert nach, konzentrierte sich aber gleich wieder auf die Besprechung.

Naga und Morafey kehrten zur Gruppe zurück. Naga drängte sich an die Karte auf dem Bildschirm und zeigte auf das Tal der Dryaden. „Hier sind zwei unserer Jäger", erklärte er im ernsten Tonfall. „Sie wurden gestern Abend zurückerwartet, sind bis jetzt aber weder angekommen, noch haben sie sich als verspätet gemeldet. Diesem Vorfall werden wir auf den Grund gehen."

„Gut, dann machen wir das als erstes", schlug Ion vor.

„Nein, das erledigen wir alleine", widersprach Naga. „Wir packen sofort ein, was wir brauchen und brechen unverzüglich auf."

„Dann nehmt doch Karom mit", warf Bero ein und zeigte auf den Droiden, der ein Blinzeln imitierte. „So seid Ihr schneller und sicherer unterwegs. Sobald Ihr Eure Mission erledigt habt, stoßt Ihr zu uns."

„Und wie finden wir Euch?", fragte Naga skeptisch.

„Ich organisier das", sagte Karom, blinzelte mit einem Auge und machte die Geste der Jäger für 'Alles in Ordnung'. Dann zeigte er in die Luft; mehrere Feen versammelten sich gerade dort über ihren Köpfen.

Shana sah die Gilde der Jäger zum ersten Mal von innen. Die große, beeindruckende Eingangshalle war ihr natürlich noch bekannt, hier traf man sich mit befreundeten Jägern, aß und trank mit ihnen in den Sitzecken oder kam als Auftraggeber, wenn man etwas beschafft oder in Erfahrung gebracht haben wollte.

Die dahinter liegenden Gänge und Räumlichkeiten jedoch waren vorbehalten für Jäger und solche, die es werden wollten. Für andere Leute war es natürlich auch nicht verboten, sich hier aufzuhalten, aber für gewöhnlich wurden solche Wünsche respektiert.

Das mehrstöckige Gebäude beinhaltete Räumlichkeiten für Sitzungen und Besprechungen, Verpflegung, einfache medizinische Versorgung, verschiedenste Trainingsräume für Kampf und Körperbeherrschung, Anschauungsmaterial wie Gedächtnissteine und Computerräume, die in letzter Zeit wieder reaktiviert wurden. Jäger konnten sich hier auch einquartieren und viele von ihnen wohnten hier; so wie Terra, die Jägerin in Grün.

Sie führte Shana durch die wichtigsten Bereiche, zeigte ihr, wo sie sich über die geforderten Grundlagen und Fertigkeiten ausgebildeter Jäger informieren konnte, wo und wie sie sich die Kenntnisse effizient aneignen konnte, stellte ihr ein paar Jäger vor, mit denen sie zusammen lernen und üben konnte und führte sie schließlich eine große

Treppe hinab in die unteren Räumlichkeiten. Hier suchten sie eine große Halle auf.

Als Shana die Halle betrat, blickte sie auf eine lange Wand, die von der einen bis zur anderen Seite bestückt war mit Waffen aller Art. Die Eingangsseite, durch welche sie die Halle betreten hatte, war ebenfalls mit Waffen versehen. In der Halle selbst waren große und kleine Kisten verteilt, Gruben verschiedener Größen und Tiefen, dicke und dünne Säulen, Aufstellwände und menschliche Figuren aus Holz.

„Zuallererst muss eine Jägerin überleben können", erklärte Terra. „Das klingt vielleicht erst einmal einfach, aber die Arbeit kann ziemlich gefährlich werden. Früher oder später führen Dich Aufträge in die Wildnis, erfordern vielleicht Fähigkeiten wie das Klettern an Felswänden, Schwimmen und Tauchen, Rennen und Springen. Vor allem aber wirst Du Dich ab und zu in gefährliche Gebiete begeben, in denen das Wissen über gefährliche Pflanzen und Tiere notwendig sein wird sowie Kenntnisse über verschiedene Bodenstrukturen, Mineralien oder Höhlen. Und schließlich wirst Du den Kontakt mit gefährlichen Lebewesen nicht immer vermeiden können. Dann kommt es nicht mehr nur darauf an, eine geschulte Wahrnehmung und ein intelligentes Verhalten zu beweisen, dann musst Du kämpfen können!"

Sie nahm eine lange Holzstange zur Hand und begann damit, Geschwindigkeit und Geschicklichkeit zu demonstrieren, indem sie die Stange gekonnt herumwirbeln ließ und zwischendurch imaginäre Gegner mit Stößen, Schlägen und Schwingern bezwang.

„Aber für die nächste Zeit bin ich erstmal dein gefährlichster Gegner", erklärte Terra und gab Shana mit einer Geste zu verstehen, sich eine Waffe auszusuchen.

*

[Plog: Chum, Feuertal]

Hallo. Ich bin Chum. Ich bin Techniker aus Feuertal. Ich weiß, unser Wissen über die Technik ist noch sehr gering, aber die Entwicklung geht ja jetzt ganz rasant voran.

In Anbetracht dessen wirkt meine Anfrage jetzt möglicherweise hoch gegriffen. Im wahrsten Sinne des Wortes.

Ich möchte Fluggeräte konstruieren. Natürlich brauche ich dafür erst einmal mehr Wissen und mehr Möglichkeiten. Ich nehme aber an, dass man in Tekion all das finden kann, was man dafür braucht. Ich habe Ions Plog gelesen und weiß, dort wurden in der Vergangenheit die Drachen gebaut.

In Zukunft werden wir sicher mehr Drachen brauchen. Dann können wir in größeren Gruppen schnell und bequem überall auf der Welt umherfliegen und so den Planeten besser kennen lernen.

Ich will aber mehr. Ich will noch höher fliegen.

Was ist aus der Asteara geworden – dem Raumschiff, mit dem wir nach Kumono gekommen sind? Stellt Euch mal vor, es ist noch dort draußen und wartet nur auf uns! Oder wir bauen ein neues! Stellt Euch mal vor, wie fantastisch es wäre, wenn wir demnächst wieder durch das Universum reisen könnten um neue Welten zu entdecken, unbekanntes Leben und vielleicht auch fremde Zivilisationen. Wenn wir dahin gehen könnten, wo noch nie ein Mensch zuvor gewesen ist!

Ist das realistisch? Oder bin ich ein Träumer?

Ich suche auf diesem Weg Leute, die genau so denken wie ich. Bitte meldet Euch bei mir! Gemeinsam schaffen wir das bestimmt! Ich werde in den nächsten Tagen nach Tekion aufbrechen. Wahrscheinlich bleibe ich dort.

Ich hoffe, wir sehen uns.

*

Die Wälder um Geroda herum waren größtenteils natürlich gewachsen, doch hatte man sich in der Vergangenheit auch darum bemüht, einige der schmackhafteren bekannten Früchte hier anzupflanzen, um sie gleich vor der Haustür zu haben, sofern sie nicht gleich im Dorf selbst angebaut wurden.

Terra führte Shana durch die unmittelbare Umgebung des Dorfes, außerhalb der Schutzmauern. Als erstes zeigte sie ihr ein paar der kleinen, harmlosen Waldbewohner, welche für die meisten Menschen aussahen wie Blätter, Zweige, Wurzeln und Moose. Die Unterschiede waren für das ungeübte Auge nur schwer zu erkennen. Schon hier staunte Shana, was unmittelbar vor ihrer Nase stattfinden konnte, ohne dass sie davon Kenntnis nahm.

Dann gingen sie tiefer in die Wälder hinein. Als Lehrerin war Shana natürlich mit vielem bereits vertraut, doch denn höchsten Anspruch an die Kenntnisse essbarer Pflanzen und der Unterscheidungsfähigkeit zu den giftigen und ungenießbaren hatten die Jäger.

Shana erwartete, etwas über Früchte zu hören zu bekommen und blickte immer wieder hoch in die Bäume. Terra beugte sich jedoch irgendwann zu Boden und nahm einer kleinen und unscheinbaren Grünpflanze ein paar Blätter ab. Eines davon gab sie wortlos Shana in die Hand, ein anderes steckte sie sich in den Mund.

Shana kostete das Blatt. Im Gegensatz zu ihrer Führerin verzog sie das Gesicht. „Bitter", kommentierte sie.

Terra grinste. „Steck Dir nicht alles in den Mund, was man Dir gibt", scherzte sie. Dann wurde ihre Miene wieder ernster und erklärte: „Im Ernst – daran hältst Du Dich hoffentlich: Was Du nicht kennst, solltest Du nicht essen. Selbst wenn es bis auf eine Kleinigkeit wie eine Dir bekannte Frucht oder Pflanze vorkommt: Die Kleinigkeit bedeutet vielleicht, dass es eine ganz andere, für Dich giftige Pflanze ist und Tiere mit ihrem ähnlichen Äußeren nur ködern will."

Sie hielt Shana die anderen gepflückten Blätter kurz vor das Gesicht, bevor sie diese sorgfältig verstaute und behauptete: „Du wirst Panblätter sicher noch schätzen lernen. Sie machen Dich wach, ähnlich wie Kaffee, aber sie geben Dir auch ein wenig mehr Kraft und Ausdauer. Wenn Du also lange Strecken zurücklegen musst, nimm Dir vorher ein paar Blätter mit. Sie müssen frisch sein, wenn Du sie essen willst. Allerdings kannst Du die getrockneten Blätter verbrennen; der Rauch schärft die Sinne."

Sie beugte sich wieder hinab, zog ein kleines Messer und erntete ein paar unscheinbare grüne Stengel ab, an denen vereinzelt kleine Härchen wuchsen. Shana hätte dieser Pflanze keine weitere Beachtung geschenkt. „Panblätter musst Du langsam und vorsichtig kennenlernen", riet ihr die Jägerin in Grün. „Zu viele von ihnen kehren die Wirkung um: Du wirst dann eher schwach und zitterig und kannst sogar Angstzustände davon bekommen."

„Ich habe jetzt schon den Eindruck, dass mein Herz schneller schlägt", sagte Shana und fasste sich an die Brust.

Terra lächelte. „Das ist wohl eher die Erwartungshaltung", meinte sie. „Ein paar Augenblicke braucht es schon, bis die Wirkung einsetzt."

Dann überreichte sie ihr einen der dünnen aber saftigen kleinen Stengel. Auch diesen probierte die Lehrerin nach einem skeptischen Seitenblick auf Terra, die sich auch hiervon etwas in den Mund schob und frech zurückschaute. Wieder verzog Shana das Gesicht. „Sauer", beschwerte sie sich.

„Äußerst nahrhaft", entgegnete Terra. „Du brauchst nur wenig davon zu essen und hast weder einen schweren Magen noch schweres Gepäck zu tragen. Sauerhalm hält sich außerdem ein paar Tage, auch wenn er vertrocknet ein wenig unansehnlich aussieht."

„Ich verstehe", antwortete Shana. „Als Jäger sucht man also nicht immer nach dem leckersten Essen, sondern nach solchem, welches nützliche Funktionen erfüllt."

„Sehr gut", lobte sie Terra und brach ein wenig von einem schwarzen, welligen Pilz ab, der an der Rinde eines Baumes wuchs. Wieder hielt sie Shana ein Stück davon entgegen und lachte, als diese misstrauisch schaute und bereits jetzt das Gesicht verzog.

*

[Aufzeichnung von Fee 1646, Tekion; Hilferuf identifiziert]

Hilfe! Hilfe! Hallo, ist da jemand? Hilfe! Hey, bist Du nicht eine Fee? Bitte hilf mir! Ja, hier unten! Hier!

Ich bin Akyu. Ich bin vor einer riesigen Echse weggerannt, die mich fressen wollte, und dann bin ich hier in diese Felsspalte gestürzt. Was für ein riesiges Tier. Ich hatte solche Angst. Ich stecke fest. Ich glaub, ich hab mir was gebrochen. Ich blute auch. Und ich hab Schmerzen. Und mir ist ganz kalt.

Oh je, warum hab ich nicht auf Faune gehört? Jetzt wird sie mir bestimmt Vorwürfe machen. Sie hat ja gleich gesagt, das wär nichts für mich. Ich bin noch nicht so weit, meinte sie. Ich müsse erst die Prüfung ablegen. Es gehört eben mehr dazu, eine Jägerin zu sein, als sich in Abenteuer stürzen zu wollen, hat sie gesagt. Oh, Faune – jetzt weiß ich was Du meintest. Es tut mir so leid!

Kannst Du nicht irgendwas tun, Fee? Kannst Du mich nicht hier rausziehen? Oder Hilfe holen? Bitte! Ich fühl mich so hilflos und allein! Oh nein, was mach ich nur?

[Übertragung aus dem Turm, Kommunikationsstation 12]

Hallo Akyu. Hier spricht Erom, der Richter von Tekion. Ich empfange deinen Hilferuf.

Bitte mach Dir keine Sorgen, ich werde unverzüglich zu Dir kommen und Dich befreien. Verhalte Dich bitte ruhig, damit keine weiteren wilden Tiere auf Dich aufmerksam werden. Bewege Dich möglichst wenig, um Dich nicht noch weiter zu verletzen.

Ansonsten: rühr Dich nicht von der Stelle! Bis gleich.

*

Die erste Trainingsstrecke für angehende Jäger war bereits kein Spaziergang. Shana kletterte hinter Terra eine moos- und grasbewachsene Felswand hinauf. Die Kletterwand war noch nicht allzu steil und die herausragenden Steine boten guten Halt, dennoch war sie bereits eine Herausforderung für weniger sportliche Leute. Anschließend folgte eine Laufstrecke.

Kriegerkäfer gruben sich aus der Erde. Sie waren so groß wie Kinder. Ihre dicken Panzerplatten schimmerten bronzefarben während die Erde von ihnen abfiel. Ihre Mäuler offenbarten kleine aber lange, dünne scharfe Zähne. Um ihr Maul herum hatten sie noch vier zusätzliche Werkzeuge, wie lange scharfe Krallen, welche wohl die Nahrung festhalten sollten, in die sie bissen. Auch an ihren Gliedmaßen besaßen sie scharfe Dornen. Ihre Augen waren auf den ersten Blick nicht zu sehen, wodurch sie nochmal unheimlicher wirkten.

Terra und Shana rannten durch das Gebiet, den Käfern Haken schlagend ausweichend. Immer mehr gruben sich ans Tageslicht, aber schließlich erreichten die beiden anscheinend den Rand des Käfergebietes.

Ein letzter Käfer stellte sich Shana direkt in den Weg. Sie versuchte, mit einem Sprung über ihn hinwegzukommen. Der jedoch stellte sich geradezu auf und brachte Shana zu Fall. Zwei weitere Käfer gruben sich links und rechts von ihr auf.

Terra erfasste die Situation blitzschnell. Sie machte auf der Stelle kehrt und zog Shana schnell und kraftvoll auf die Beine. Mit schnellen gezielten Tritten brachte sie die Käfer davon ab, sich weiter für sie zu interessieren. Dann zog sie ihre Schülerin schnell weiter, um sich nicht mit noch mehr Käfern auseinandersetzen zu müssen.

Als nächstes folgte eine Wiese mit hohen Gräsern. Ein paar Pflanzen hatten weitreichende und aus der Erde ragende Wurzeln, andere hatten kleine Stacheln. Mehrmals zu Fall gebracht wurde Shana allerdings nur von kleinen dunkelgrünen

Rankenpflanzen, die sich blitzschnell um ihre Füße schlangen. Es war mühevoll, mit der erfahrenen Jägerin Schritt zu halten. Terra hatte offensichtlich Spaß daran, ihr ein hartes und forderndes Training zu bieten. Aber sie selbst hatte schließlich darum gebeten.

Nicht nur, dass sie als Lehrerin die Einstellung hatte, dass man seinen Horizont stets erweitern, sich immer wieder mal neues Wissen und neue Fertigkeiten aneignen sollte. Nicht nur, dass sie schon immer die Jäger bewundert hatte, welche die besten Kenntnisse über die Natur hatten und sich souverän in jedem Gebiet zu bewegen wussten.

Doch dass Ion nun plötzlich entschieden hatte Jäger zu werden, ohne es vorher mit ihr zu besprechen, das hatte sie wirklich geärgert. Natürlich hatte er alles Recht der Welt dazu, aber sie hätte es gerne als erstes erfahren und zudem und vor allem noch die Möglichkeit gehabt, sich ihm anzuschließen.

Sein Alleingang hatte sie so sehr aufgeregt, dass sie auf der Stelle etwas unternehmen musste. Ohne noch einmal darüber nachzudenken, hatte sie nun Terra darauf angesprochen und sogleich mit der Ausbildung angefangen. Am liebsten wäre ihr gewesen, die Abschlussprüfung zur Jägerin zu bestehen, noch bevor Ion auch nur einen Tag echtes Training hinter sich gebracht hätte.

Entsprechend anstrengend war nun auch ihr Training. Sie beschwerte sich nicht und wollte jeder Herausforderung mit Mut und aller Kraft entgegentreten. Sie gab alles.

Am Ende der Wiese hatte sie gelernt, auf die Rankenpflanzen zu achten. Sie hatte das Gefühl, nur noch aus Kratzern und Flecken zu bestehen. Erschöpft schloss sie zu Terra auf, die nun gemächlich durch das nächste Gebiet schlenderte. Es war felsig, die Gräser hier waren klein und dürr, dunkler und härter. Es ging weiter bergauf. Die erfahrene Jägerin hörte Shana hinter sich, zog zwei Panblätter heraus und bot sie ihr an, ohne sich zu ihr umzudrehen. Shana nahm beide ohne zu zögern an und steckte sie sich in den Mund.

An der Klippe blieben sie stehen und konnten einen wunderschönen Ausblick über die Umgebung genießen. Für einen Moment standen sie einfach nur da und schwiegen.

Das verhältnismäßig laute Rascheln des Raschelgrases an der Klippe verhinderte, dass Terra die sich nähernden Tiere rechtzeitig bemerkte. Sie standen gefährlich nah am Abgrund für eine Begegnung mit wilden Tieren.

„Terrorschweine", identifizierte Terra die sich nähernden Kreaturen, zögerte dann aber und schien noch einmal genauer hinzuschauen. Unsicherheit lag in ihrem Blick.

Terrorschweine hatten ihren Namen wegen ihrer Aggressivität und ihrer Lautstärke. So manches Lager hatten sie in der Vergangenheit schon verwüstet und so manchen Jäger scheinbar grundlos angegriffen. Sie hatten dicke, raue Borsten, die fast schon dünne lange Stacheln waren, kleine Hörner, Stoßzähne und scharfe Hufe. Sie konnten tiefe, drohende Töne von sich geben, aber auch sehr hohe und schrille Laute.

Diese vier Terrorschweine waren jedoch die größten, die Terra jemals gesehen hatte. Sie waren auch nicht braun sondern schwarz. Sie waren breiter und muskulöser als ihre Artgenossen. Zudem schienen ihre Hörner, Stoßzähne und Hufe größer und gefährlicher zu sein.

Terra zog mit einem kaum wahrnehmbaren und blitzschnellen Handgriff scheinbar aus dem Nichts eine Kettenkugel hervor; ein Griff, an dem eine Kette von der Länge eines Armes befestigt war und an deren Ende eine fast faustgroße Kugel aus Metall hing. Der Knauf des Griffes hatte ein spitzes Ende, mit dem man ebenfalls zuschlagen konnte. Die Jägerin begann damit, die Kettenkugel im Kreis zu schwingen. „Bleib nach Möglichkeit hinter mir", wies sie Shana an und drehte sich einmal im Kreis, um ihre Waffe kraftvoll zu schwingen.

Gleichzeitig griffen die Terrorschweine an. Ihre Laute klangen, als ob die Tiere wahnsinnig geworden wären, aber so klangen sie immer beim Kampf. Terra ließ sich davon nicht beeindrucken.

Auch Shana ließ sich vom Klang und Anblick der wilden Tiere nur einen Augenblick lang lähmen.

Hinterher konnte sie nicht sagen, ob es vielleicht die einsetzende Wirkung der Panblätter war (oder wieder die Erwartungshaltung) oder der Gedanke an Ion, wie er in derselben Situation womöglich tapfer und souverän gekämpft hätte, um ihr zu zeigen, dass sie sich nicht zur Jägerin eignen würde und er sie deshalb nicht gefragt hätte. Das traute sie ihm nicht zu, aber der Gedanke war da. Und was noch plötzlich da war, war das Schild-Rapier in ihrer Hand, ein kurzes Schwert mit einem besonders großen Handschutz, fast wie ein kleines Schild, mit dem man ebenfalls zuschlagen konnte.

Wild entschlossen stürzte sie sich in den Kampf, teilte Hiebe und Schläge nach links und rechts aus, führte ihre Waffe einhändig und zweihändig und trat zu. Auch akustisch nahm sie es mit den Terrorschweinen auf und brüllte ihnen entgegen.

Im Handumdrehen war der Kampf vorbei. Die wilden Tiere gingen auf Distanz. Als sie noch einmal stehenblieben und scheinbar überlegten, den Kampf doch nochmal aufzunehmen, brüllte Shana ihnen wieder zu, ging in eine offene, verletzliche Pose und forderte die Terrorschweine heraus. Dann zogen die Tiere ab.

Terra wollte sie eigentlich dafür schelten, nahezu ohne Erfahrung und Vorbereitung in den Kampf gegangen zu sein, entgegen ihrer Anweisung. Aber ihre Augen sprachen Shana bereits Hochachtung und Anerkennung aus, ohne dass sie etwas dagegen tun konnte.

„Das war gefährlich“, sagte sie schließlich schlicht. „Du musst darauf achten, die Mitglieder deiner Gruppe nicht zu verletzten“, erklärte sie und fasste sich an die Schläfe, an welcher sie einen leichten Stoß mit dem Schild des Rapiers bekommen hatte, „aber das lernen wir ja erst noch.“

„Das fühlte sich irgendwie gut an“, sagte Shana mit Schuldgefühl in der Stimme. „Das sollte es nicht, oder? Jetzt ist mir schlecht! Ich glaube, ich vertrage die Panblätter nicht."

Damit ging sie auf die Knie.

„Das ist sicher die Erschöpfung", erklärte Terra. „So viel Anstrengung bist Du sicher nicht gewohnt. Kehren wir heim."

*

Hallo Kumono! Hier ist wieder 'Abenteuer Kumono', der Radiosender für all die Forscher und Entdecker dort draußen. Wir sind Yenna aus Liberin und Ordon aus Geroda, Eure Moderatoren auf Tekion.

In dieser Sendung möchten wir Euch davon berichten, wie es auf Tekion voran geht.

Der Turm von Tekion ist äußerlich bald wieder komplett hergestellt und erstrahlt demnächst wieder in altem Glanz. Eigentlich in neuem Glanz! Aber auch im Inneren tut sich ganz viel. Wir haben eine Weile dem Richter und Droiden Erom assistiert. Er arbeitet zur Zeit unter anderem daran, den Hauptcomputer wieder vollständig in Ordnung zu bringen.

Dabei sind wir gemeinsam auf sogenannte Archive gestoßen. Das sind Aufzeichnungen von vergangenen Zeiten. Sie waren höchst interessant und aufschlussreich. Leider ist ganz viel davon noch nicht benutzbar, aber es sieht so aus, als könnten wir bald viel mehr darüber erfahren, wie das Leben vor der Katastrophe so ausgesehen hat und was unsere Vorfahren so alles gemacht haben.

Was wir zum Beispiel bereits bruchstückhaft sichten konnten, war ein Interview des ersten Droiden – also gewissermaßen der Vorgänger von Erom – und dem Menschen, der die Entwicklung des Droiden maßgeblich geleitet und koordiniert hat. Eins können wir schon mal mit Sicherheit sagen: Die Menschen damals hatten unglaublich viel Humor! Und das ist wohl auch der Grund, warum Erom nun so lustig ist. In seiner Anfangsphase war der erste Droide, der übrigens Arom genannt wurde, noch ziemlich langweilig. Wir können gut verstehen, dass man sich da was einfallen lassen muss, wenn man mit so einer langweiligen Maschine den ganzen Tag verbringt. Das Projekt 'Künstliche Intelligenz' hat wohl verschiedene Resultate erzielt, auch das Betriebssystem EMEM, das den Turm von Tekion steuert und mehr oder weniger alle Technik auf dem Planeten überwachen soll, ging daraus hervor. Mehr konnten wir darüber aber leider noch nicht herausfinden. Wir halten Euch auf dem Laufenden.

Ein paar andere Bruchstücke des Archivs – oder der Archive? – brachten uns einen Einblick in den Alltag des Lebens im Turm. Hauptsächlich Wissenschaftlern und Forschern konnten wir hier und da ganz kurz über die Schulter schauen bei ihren Arbeiten für eine bessere Welt.

Streitet Ihr Euch manchmal mit Euren Freunden? Keine Sorge: Auch damals war nicht alles perfekt. Neben den normal, heißen Diskussionen bei Tee und Kuchen gab es auch zur Zeit unserer Vorfahren heftige Dispute. Wurde vielleicht deswegen damals das Richter-System eingeführt? Das ist eine weitere spannende Frage, die zu erforschen uns lohnenswert erscheint.

Jedenfalls konnten wir kurz einen Wissenschaftler beobachten, der anscheinend ganz andere Meinungen vertrat als alle anderen und wohl auch ganz andere Vorgehensweisen befürwortete. Es wurde davon gesprochen, dass es bereits mehrere Auseinandersetzungen über diese Themen gab, und schließlich wollte dieser Wissenschaftler sogar Tekion verlassen und seine eigene Forschungseinrichtung an einem anderen Ort aufbauen. Was aus ihm geworden ist, können wir Euch leider noch nicht erzählen.

Leute, wir haben den Eindruck, das wird jetzt eine ganz spannende Zeit! Normalerweise muss Technik nach und nach entwickelt werden, aber wir leben in einer Zeit, in der fantastische Möglichkeiten bereits da sind und nur reaktiviert werden müssen! Wer weiß, wie unsere Welt schon morgen aussehen wird?!

Auch diese Radiosendung ist Teil der Entwicklung, und wir freuen uns, dass sie gut bei Euch anzukommen scheint. Wir möchten uns an dieser Stelle für die zahlreichen Ermutigungen und Motivationen bedanken! Speziell auch für den unglaublich leckeren Kuchen von Godina aus Geroda, den wir

Verschiedene Jäger und Entdecker unter Euch haben uns Berichte ihrer Erkundungen zukommen lassen, wir werden nachher darüber berichten. Im Anschluss daran gibt es noch einige Tipps und Ratschläge, die auch von vielen Leuten übermittelt wurden, wie man einige Kleinigkeiten im alltäglichen Leben mit einfachen Kniffen schnell und mühelos erledigen kann. Ihr werdet staunen, was man alles besser machen kann! Wir waren selbst begeistert und haben schon viel von Euch gelernt – danke!

Wir hatten auch Besuch von Zirkana und Ajinyo aus Feuertal, zwei Jäger, die sich vielleicht hier ansiedeln wollen. Das wäre schön! In dem Falle werdet Ihr sie sicher noch zu hören bekommen.

Gemeinsam bewegen wir die Welt! Bitte beteiligt Euch weiterhin an dieser Sendung und kommt uns besuchen. Jetzt spielen wir eben Musik ein, die wir ebenfalls im Archiv gefunden haben. Hoffentlich verschönert sie Euch den Tag!

*

Der Beginn des Ödlandes war auch in der Dämmerung ganz deutlich zu erkennen gewesen. Die letzten knorrigen Bäume und das letzte dürre Gras kennzeichneten genau die Grenze, hinter der nur noch Sand und Steine zu finden waren. Kein Tier schien sich hierher zu verirren, die einzigen noch hörbaren Tierlaute kamen von weit hinter ihnen.

„Wir sollten hier rasten", schlug Manjaro vor und erntete allgemeine Zustimmung.

Bero verweilte kurz an einem der knorrigen Bäume, bevor er zur Gruppe aufschloss.

„Kennt jemand von Euch diese Früchte?", fragte er misstrauisch und zeigte ihnen eine ovale Frucht von der Größe eines Kopfes, deren gemusterte Schale alle Farben des Regenbogens zeigte und leichte Ansätze von Stacheln andeutete, die jedoch nicht fester waren als der Rest der Frucht. Die anderen schüttelten den Kopf.

„Du bist doch Jäger", wandte sich Bero vorwurfsvoll an Manjaro. Der konnte seinem Kopfschütteln nur entschuldigend eine Geste der Hilflosigkeit hinzufügen.

„Das wächst nicht bei uns", sagte er.

„Iss sie besser nicht. Sie könnten giftig sein", mahnte Ion.

Bero nickte, während er ein Messer zückte und damit ein kleines Stück gelbes Fruchtfleisch herausschnitt. „Aber nicht in so kleiner Menge", behauptete er. Argwöhnisch roch er erst an dem Stück, dann saugte er ein wenig daran. Schließlich verzog er die Lippen und kniff die Augen zusammen.

„Lecker?", fragte Samush amüsiert.

„Bitter", antwortete Bero gepresst und ange-spannt. „Und sauer", fügte er überrascht hinzu und streckte die Zunge raus. Dann schmatzte er ein wenig und entspannte sich. „Aber irgendwie auch süß im Nachgeschmack", stellte er erstaunt fest, nachdem er schon zu dem Schluss gekom-men war, die Frucht wäre ungenießbar. „Sogar un-glaublich süß!", rief er.

Schließlich steckte er sich das kleine Stück Fruchtfleisch in den Mund. Wieder verzog er das Gesicht, aber dann entspannte sich seine Mimik und er begann, langsam zu kauen. „Irgendwie...", sagte er noch leicht unzufrieden. „...eigentlich...", gab er schon positiver gestimmt von sich. „Also, schon lecker", meinte er letztlich.

Die Richter mussten lachen, hörten jedoch gleich wieder auf, als Bero sich daran machte, mit dem Messer noch mehr Fruchtfleisch aus der Frucht zu lösen.

„Du willst doch nicht noch mehr essen", warn-te Samush ihn alarmiert.

„Ihr müsst das auch probieren", erwiderte der Wächter und überreichte jedem ein Stück gelbes Fruchtfleisch.

Wenig später lagen sie alle auf dem Rücken im Gras und lachten. Aus der Dämmerung war Dun-kelheit geworden, und sie hatten noch keine Zelte aufgebaut. Die Frucht war zur Hälfte aufgegessen, ihr dicker Kern war freigelegt. Die Stimmung war entspannt und euphorisch.

„Ich hab das Gefühl, im Gras zu versinken", sagte Ion im zufriedenen Tonfall.

„Ich sinke noch tiefer, viel tiefer, tief in den Boden hinein“, erklärte Manjaro staunend, „und alles wächst über mich hinweg und wird so groß. Riesig! Unglaublich phänomenal gigantisch! Oder ich werde ganz klein, ganz winzig klein.“

Langes, zufriedenes Schweigen.

Bero fasste sich an den Bauch, als dieser laut knurrte. „Ich bin so hohl“, sagte er und alle mussten lachen. „Ich glaube, ich stülpe mich um“, fügte er wenig später hinzu. „Alles Innere kehrt sich nach außen und alles Äußere kehrt in mir ein!“

Wieder geschah lange Zeit nichts. Keiner sagte etwas, keiner rührte sich.

„Ich kann nicht mehr atmen“, sagte Samush nach ein paar tiefen Atemzügen. Er klang dabei nicht beunruhigt. „Nein warte, ich kann *alles* atmen“, korrigierte er sich. „Die Bäume, den Boden – nein, das ist auch falsch – *es* atmet *mich*! Ich kann *wirklich* nicht atmen, es wird einfach mit mir gemacht; etwas anderes atmet *mich*. Wie geht das? Ich bin vollkommen durchlässig, es gibt keine Grenzen mehr!“

„Seht ihr das auch?“, fragte Manjaro und blickte mit großen Augen nach oben, wo die Sterne weit entfernt am dunklen Himmel standen. „Alles ist so bunt und hell!“

„Ja“, riefen die anderen augenblicklich und rissen die Augen auf.

„Ich glaub, mir wächst Fell", behauptete Samush. „Es juckt, aber ich kann mich nicht kratzen. Ich kann mich nicht bewegen."

„Ich auch nicht", bestätigte Bero. „Ich bin zu Stein geworden."

Ion lachte leise vor sich hin und hörte gar nicht mehr auf.

„Tanzende Sterne", sagte Samush. „Gebt mir meine Arme wieder!", forderte er und griff mehrfach in die Luft. Nach mehreren Versuchen gab er auf, ließ die Arme neben sich fallen, schloss die Augen und murmelte wie im Schlaf vor sich hin.

Niemand sah es, als eine regenbogenfarbene Frucht sich von ihrem Baum löste und auf trockene Zweige aufschlug. Aber sie hörten es überdeutlich wie ein gewaltiges Krachen. Von einem Augenblick auf den anderen hockten sie schlagartig zusammen und hielten sich aneinander fest. In Panik blickten sie mit weit aufgerissenen Augen umher. „Was war das?", flüsterten sie.

Eine lange Zeit wagten sie es nicht, sich zu rühren. Schließlich übernahm Manjaro die Führung und flüsterte: „Wir gehen jetzt ganz, ganz langsam und vorsichtig in diese Richtung", und deutete hinter sich. Er stand hinter den anderen und so sah keiner, wohin er gedeutet hatte, dennoch nickten alle. Instinktiv krochen und schlichen sie von der zu Boden gefallenen Frucht weg.

Als es langsam wieder hell wurde, waren sie noch nicht weit gekommen. Sie befanden sich noch in unmittelbarer Sichtweite ihres Lagerortes, an dem noch die aufgeschnittene Frucht lag. Irgendwann fingen sie an sich zu entspannen, sich bequemer hinzusetzen, die Panik verflog, wurde vergessen und schlussendlich legten sie sich einer nach dem anderen hin und schliefen ein.

Als sie wieder aufwachten, schien ihnen die Sonne ins Gesicht. Sie setzten sich wortlos zusammen, kramten Essen und Trinken aus ihren Taschen und begannen damit, sich zu stärken. Sie waren müde und kaputt. Erst wagten sie nicht, einander anzuschauen. Schließlich schauten sie doch umher und stellten fest, dass sie alle den gleichen Gesichtsausdruck hatten. Dann mussten sie lachen, und es ging ihnen schon gar nicht mehr so schlecht.

„Jetzt wissen wir Bescheid", sagte Manjaro kopfschüttelnd.

„Das machen wir nie wieder", beteuerte Samush mit einer unterstreichenden Geste.

„Ich bin geheilt", erklärte Ion, „obwohl ich glaube, dass die Wirkung der Frucht noch nicht ganz abgebaut ist."

„Bei mir schon", behauptete Bero und fügte frech hinzu: „Ihr seid wieder so hässlich wie zuvor."

Sie ließen sich Zeit dabei, Kraft zu tanken, zusammenzupacken und sich auf den Weg zu machen. Sie fühlten sich ein wenig ungeschützt. Das Gebiet, das vor ihnen lag, war eine Wüste aus Sand und Stein. Nur selten trafen sie auf verdorrte Pflanzen, die grau und versteinert erschienen. Unheimlicherweise wirkten die wenigen toten Tiere, auf die sie trafen, relativ gut erhalten; sie waren ebenso grau und versteinert wie die Pflanzen und sahen aus, als wären sie erst vor kurzer Zeit hier verendet, waren jedoch teilweise schon von Sand bedeckt und in den Boden gesunken.

Relativ bedrückt waren sie so eine Weile lang unterwegs. Schließlich wurden in noch großer Entfernung vor ihnen die Umrisse einer großen Konstruktion sichtbar. Dies musste die gesuchte maschinelle Anlage sein. Sie steuerten darauf zu. Doch nach einer Weile veränderte sich der Boden unter ihren Füßen. Der Sand wurde immer dunkler, matschig und klebrig. Das Fortkommen fiel ihnen immer schwerer. Und schließlich hielten sie an.

Das Gebiet vor ihnen wurde plötzlich schwarz und matt glänzend. Der Geruch war stechend und schwer zu ertragen. Samush beugte sich runter. Als Ion und Bero sahen, was er vor hatte, konnten sie gerade noch den Mund öffnen, da war es schon zu spät.

Samush berührte die schwarze Fläche leicht mit einem Finger. Als er den Finger wieder zurückzog, klebte an diesem die zähflüssige Masse. Der Richter aus Feuertal ließ seinen Finger ausgestreckt und wollte darauf warten, dass ein dicker Tropfen der Substanz sich von ihm löste.

„Das brennt", sagte er überrascht. Schnell begann er, mit der anderen Hand in einer seiner Taschen nach Wasser zu kramen. Manjaro holte ein Stofftuch aus seiner Tasche und reichte es Samush, denn das Wasser alleine hätte die zähe Substanz nicht abwaschen können.

„Das tut richtig weh", beschwerte sich Samush und tat sein bestes, die äußerst klebrige Masse schnell wieder von seinem Finger zu entfernen.

„Damit hättest Du rechnen sollen", kritisierte Bero ihn. Sie beobachteten, wie die betroffene Hautstelle eine rote Färbung annahm und sich langsam kleine Bläschen bildeten.

Auch Bero kramte in seinen Taschen, förderte ein kleines Döschen mit Salbe hervor und überreichte es Samush. „Das wird hoffentlich ein wenig helfen", kommentierte er.

Samush machte Anstalten, Manjaro das Stofftuch wiederzugeben, das er von ihm bekommen hatte. Der Jäger deutete nur auf die schwarze Masse vor ihnen. „Wirf es weg", sagte er. Samush warf das Tuch auf die schwarze Substanz, auf der es erst einmal liegen blieb.

Sie schauten sich ratlos um. „Wie kommen wir jetzt dort hinüber?", fragte Ion. „Drüber hinweg oder drunter durch? Wir müssen wohl eine Brücke oder einen Tunnel suchen, um weiter zu kommen."

„Vielleicht kommen wir nur durch die Luft zur Anlange", mutmaßte Manjaro und schnipste mit dem Finger. „Hätte ich doch nur meinen Elf mitgenommen", brummte er.

„Dein Elf kann uns aber nicht alle gemeinsam transportieren", entgegnete Samush, während er noch seinen Finger vorsichtig mit der Salbe behandelte.

„Eine Brücke ist weit und breit nicht zu sehen", teilte Bero seine Beobachtungen mit.

„Das Radio hat hier keinen Empfang", sagte Ion nach einem Blick auf sein Kommunikationsgerät, „also suchen wir einen Tunnel. Ansonsten müssen wir umkehren und mit dem Drachen wiederkommen."

„Der ganze Weg umsonst?", schimpfte Bero. „Teilen wir uns auf und suchen einen Tunnel", schlug er vor, „aber wenn wir bis zum Sonnenuntergang keinen gefunden haben, kehren wir um!"

„Ich wäre mit dem Vorschlag einverstanden", sagte Samush in einem wichtigen Tonfall, während er unbewusst über sein richterliches Abzeichen strich und Ion anschaute.

Der lächelte nur und ignorierte die unausgesprochene Aufforderung, seine richterliche Entscheidungsgewalt zur Schau zu stellen. „Ich schau mich dann dort drüben um", sagte er nur und deutete zu einer weiter entfernten Formation aus Fels und Gestein, die er für vielversprechend hielt.

So sprachen sie sich ab und teilten sich auf.

*

[Plog: Katzui, Geroda]

Hallo und Herzlich Willkommen auf Katzuis Plog. Klar, ich bin Katzui. Ich wohne in Geroda und bin Pflanzerin. Technik steckt mir ja nicht so in den Knochen, aber ich versuche es mal. Ich will sie auch nur dazu benutzen,

Euch die Natur wieder näher zu bringen. Deswegen mein Plog.

Ich seh es schon kommen: Demnächst laufen alle mit irgendwelchen Geräten vor der Nase herum und sehen nicht mehr, was sich einen Schritt weiter befindet, oder links oder rechts. Und bestimmt wird man alles mögliche mit den Geräten machen, was man eigentlich auch ohne die ganze Technik erreichen könnte.

Ach, das wollte ich eigentlich gar nicht sagen! Technik ist ja nicht schlecht an sich. Aber ich will ja stattdessen erzählen, was man mit der Natur alles machen kann!

Zum Beispiel habe ich mich intensiv mit Rankenpflanzen befasst. Einige besitzen ja dryadische Eigenschaften. Manche bilden tolle Flechtwerke aus, in die Ihr Dinge hineinstellen könnt. Und dann greifen die Pflanzen zu und halten die Dinge für Euch fest.

Bei mir zu Hause lasse ich alle möglichen Pflanzen wachsen, die verschiedene Dinge für mich tun. Mit den richtigen Pflanzen braucht Ihr keine Regale mehr. Die Sachen sind viel sicherer aufgehoben, wenn sie fest in einer Pflanze stecken. Und das sieht auch noch gut aus!

Es gibt Moose, mit denen kann man gut sauber machen. Es gibt Kräuter, die wundervoll duften. Mit etwas Zeit und Arbeit lassen sich Sitze und Liegen herstellen, die sich Eurer Körperform exakt anpassen. Es *gibt so viele nützliche Dinge, die man mit der Natur erreichen kann.*

Es wird jetzt ein Projekt von mir werden, ein komplettes Haus nur aus lebendigen, wachsenden Pflanzen zu gestalten.

Ich würde mich freuen, wenn Ihr Euch auch dafür interessiert, natürlicher zu leben und zu wohnen. Deswegen lade ich Euch ein, wann immer Ihr wollt, bei mir vorbeizukommen.

Ich zeige Euch dann die verschiedenen Pflanzen und wie und wozu man sie einsetzen kann. Ihr könnt mein natürliches Haus betrachten, so weit wie es steht, und habt vielleicht selber Vorschläge und Ideen.

Ansonsten freue ich mich, wenn Ihr meinen nächsten Beitrag lest und Euch davon inspirieren lasst. Ich glaube, Ihr könnt auch selber was dazu schreiben. So können wir uns dann auch austauschen, wenn Ihr nicht selber vorbeikommen wollt.

Das war es vorerst von mir. Alles Liebe.

*

Morafey, Naga und Karom erreichten das Tal der Dryaden. Das Tal beherbergte so viele Arten beweglicher Pflanzen, dass man annahm, dass hier der Ursprung aller Dryaden lag. Die beiden Jäger waren bereits hier gewesen und kannten die Pflanzen, denen sie nicht zu nahe kommen sollten. Sie liefen eine der festen Routen, die man in der Jäger-Gilde kannte.

Am Wegesrand klingelten leise Glockenblumen, um Wiesenbienen anzulocken, welche die Pollen der Blumen verbreiten sollten. Der Weg führte sie unter einem Luftwurzelbaum hindurch, auf dem sich ein Nebelsänger niedergelassen hatte und eine anmutige Melodie sang.

Von Luftwurzelbäumen sagte man, dass sie verkehrt herum wuchsen, denn es sah aus, als reckten sie keine Äste und Zweige, sondern Wurzeln in die Luft, welche die Eigenschaft hatten, dass sich sehr leicht Tau an ihnen entwickelte. Oft glitzerten sie in der Morgensonne. Dafür besaßen sie keine Blätter, und ihre Früchte und Samen wuchsen unter der Erde.

Morafey gab einen Laut der Begeisterung von sich und zeigte in die Luft. Naga folgte ihrem Blick. Große gewölbte Schirme in einer dreieckigen Form trieben über ihren Köpfen im Wind. Sie bestanden aus einer hauchdünnen, fast komplett durchsichtigen Membran, so breit wie ein Mensch mit ausgestreckten Armen, und durchzogen von einem Netz feinster Pflanzenfasern. In ihrer Mitte hing ein Samenkorn an einer Pflanzenfaser.

„Sylphensamen", kommentierte Naga. Sylphen waren eine andere Art von Pflanzen, die sich selbst nicht bewegten, aber Samen produzierten, welche tagelang durch die Lüfte segeln und schweben konnten, um sich weit zu verbreiten. Auch von ihnen wurde vermutet, dass sie sich in der Nähe entwickelt hatten; der Sumpf der Sylphen lag gleich hinter dem Tal der Dryaden.

Eine kleine, farbenfrohe Feuerdistel in der Nähe hatte sich diesen Augenblick ausgesucht, ebenfalls ihre gereiften Samen auf die Reise zu schicken. Jedoch flogen die körnigen Samen von Feuerdisteln nicht mit großen Segeln durch die Luft, sondern wurden lediglich wenige Schritt weit verschossen.

Vielleicht war es nur Zufall, vielleicht war aber auch dies der Grund: Ein Wadenbeißer stand direkt bei ihr; ein etwas mehr als knöchelhohes Echsenwesen, welches sich hauptsächlich von niedrig wachsenden Pflanzen und kleinem Aas ernährte. Es hatte einen relativ langen Hals und vier Zähne, zwei oben und zwei unten, mit denen es gerade dabei gewesen war, langsam und genüsslich ein Blatt der Feuerdistel zu verspeisen. Die kleinen Stacheln der Distel machten seinem rauhen Gaumen nichts aus.

Wadenbeißer sahen aus menschlicher Sicht immerzu mürrisch und störrisch aus, und ihr Gesicht ließ eigentlich gar keine andere Mimik zu. Doch dieser Wadenbeißer wurde jetzt sicher besonders mürrisch, als ihm die kleinen Samenkörner ins Gesicht geschossen wurden. Er reagierte scheinbar kaum und ließ störrisch einen Schuss nach dem anderen über sich ergehen. Zu guter Letzt schossen ihm drei Samen auf einmal ins Gesicht.

Plötzlich kam Bewegung in den Wadenbeißer. Für gewöhnlich bewegten sich diese Echsen nur langsam und gemächlich. Doch dieses Tier war nun aufgebracht und lief geradezu in Rage durch das hohe Gras, was etwas ungeschickt und unbeholfen wirkte. Schließlich fand er etwas, in das er seinen Zorn hinein beißen konnte. Es war genau die Situation, die ihm auch seinen Namen eingebracht hatte.

„Aua – hey, ein Wadenbeißer!", rief Morafey, als sie sich umdrehte und sah, was sich dort durch ihren Stiefel in die Wade beißen wollte. Sie nahm das Tier mit einer Hand, und öffnete ihm mit den Fingern der anderen das Maul, um es sicher entfernen zu können. Sie hob es hoch und hielt es sich vor das Gesicht.

„Sei nicht so frech", schimpfte sie mit ihm, „und guck nicht so mürrisch!"

Sie setzte den Wadenbeißer wieder ab, setzte in mit seinem Gesicht von sich weg und gab ihm einen leichten Schubs. Frustriert stolperte dieser weiter, um sich ein neues Opfer für seine Wut zu suchen.

„Als gefährlich eingestufte Kreaturen sind in der Nähe", behauptete Karom plötzlich, „aber sie entfernen sich von uns und verlassen das überwachte Gebiet."

Naga drehte sich zu ihm um und schien eine Frage stellen zu wollen. Dann schaute er hoch zu den Feen, welche sie begleiteten. Die wenigsten waren zu sehen. Die anderen waren ausgeschwärmt und erkundeten die Umgebung. Der Jäger nickte.

Dann fanden sie ein Schwert im Gras liegen. Mit den schlimmsten Befürchtungen untersuchten sie gründlich und vorsichtig das nähere Umfeld. Entsetzt fanden sie leichtes Reisegepäck für Jäger sowie Kleidungsreste.

Zwei relativ klar umrissene Bereiche voller Blut, zerrissene Pflanzen und die zurückgelassenen Spuren gaben ihnen die Gewissheit, dass die vermissten Jäger Ura und Lennast Opfer wilder Kreaturen geworden waren, obwohl sie keine sterblichen Überreste finden konnten. Sie mussten komplett aufgefressen worden sein. Morafey lehnte sich gegen Naga und schluchzte. „Wir können sie nicht mal bestatten", flüsterte sie.

Er nahm sie in den Arm.

„Wir sammeln die Ausrüstung ein und schließen zu den anderen auf", schlug er nach einer Weile vor. Morafey nickte stumm.

„Die Ausrüstung können wir auch ein paar Feen überlassen", erwiderte der Droide. „Sie könnten damit direkt zurück fliegen und beispielsweise auf dem Innenhof der Jäger-Gilde ablegen."

„Gute Idee", antwortete Naga. „Leite das in die Wege und such dann auf dem schnellsten Weg die anderen."

„Ohne Euch?", fragte der Droide nach.

Naga nickte. Morafey sah ihn fragend an.

„Ich will die Gelegenheit nutzen, die Engels-Ebene zu durchqueren", sagte Naga und schaute dabei seinerseits Morafey fragend an, die ihre stumme Einwilligung gab. „Der Weg durch das Gebiet ist sogar der direktere, aber unter Umständen beschwerlicher, und ich denke, wir Jäger sind dort besser alleine unterwegs. Ich glaube auch, die Feen werden uns dort nicht helfen können. Ich weiß, Du bist auch ein Jäger, Karom. Aber Du bist schneller, wenn Du Dich alleine fortbewegst und nicht auf uns warten musst. Und schneller fortbewegen kannst Du dich auf jeden Fall, wenn Du die Engels-Ebene meidest.“

„Verstanden“, antwortete Karom. Vier Feen senkten sich zu ihnen hinab. „Ich bereite nun den Transport vor. Wir sehen uns dann am Zielort wieder.“

Naga und Morafey nickten ihm zu, dann liefen sie los.

Es dauerte eine Weile, bis Ion die von ihm auserkorene Stelle erreichte. Er kletterte ein wenig hinauf und fand eine große Vertiefung vor, die er wieder hinabklettern musste. Dort entdeckte er nicht nur eine Höhle, sondern gleich zwei, die sich gegenüber lagen. Sie erschienen ihm jedoch auf den ersten Blick natürlich entstanden, also wollte er erstmal einen Blick hineinwerfen, bevor er die anderen alarmierte.

Die Höhle, die in die Richtung der maschinellen Anlage führte, nahm er sich als erstes vor. Sie verengte sich zu einem Tunnel. Dessen Boden war eben, aber die Wände wirkten nicht sonderlich bearbeitet, so ging Ion noch tiefer hinein. Er zog eine Lichtkugel aus der Tasche und aktivierte sie. In einiger Entfernung vor ihm erkannte der Richter eine Nische in der Wand. Er steuerte darauf zu. Jetzt bestand kein Zweifel mehr: In der Nische fand er einen Terminal vor, der in Brusthöhe in die grobe Wand eingearbeitet worden war.

Er machte auf der Stelle kehrt, um die anderen über seine Entdeckung zu informieren. Er kam jedoch nur ein paar Schritt weit, bevor er gefährliches Knurren und Fauchen vernahm, die Geräusche wilder und vielleicht hungriger Tiere. Eilig wollte Ion die Lichtkugel in seiner Hand deaktivieren, doch bevor er den Regler ganz herumgedreht hatte, fiel die noch schwach leuchtende Kugel ihm aus der Hand. Er bückte sich hinunter, doch das Knurren und Fauchen kam gefährlich nah und er sah bereits, wie sich Schatten in der gegenüberliegenden Höhle bewegten. So beschloss er, die Kugel liegen zu lassen und schlich eilig zur Nische zurück, von der er gerade gekommen war, um sich dort zu verstecken. Er zog sein Zepter raus, drückte sich in eine Ecke und wartete ab.

Die Geräusche kamen näher. Es bestand kein Zweifel daran, dass die Kreaturen den Tunnel betraten, in dem er sich versteckte. Zu dem schwachen Licht der Lichtkugel gesellte sich ein bläulicher Ton. Es wirkte unheimlich, zusammen mit dem Knurren und den jetzt hörbaren Schritten wilder Tiere.

Was Ion dann sah, ließ ihn das Blut in den Adern gefrieren.

Langsam bewegten sich vier größere, muskulöse Tiere im Dämmerlicht an ihm vorbei, gelegentlich knurrend, krallenbewehrt und mit entblößten scharfen Zähnen im Maul. Das alleine hätte ihm schon vollkommen gereicht, um sich unwohl zu fühlen. Aber besonders unheimlich war die Tatsache, dass jede dieser vier Kreaturen kleine elektronische Geräte auf dem Kopf hatte. Sie waren im Dämmerlicht nicht weiter zu erkennen, doch die kleinen blau leuchtenden Lämpchen an ihnen ließen keinen Zweifel bestehen.

Der Schweiß lief Ion von der Stirn, während er versuchte, keine versehentliche Bewegung zu machen, kein unabsichtliches Geräusch von sich zu geben und nach Möglichkeit auch nicht zu atmen. Die Tiere hatten sich jedoch scheinbar nicht für die am Boden liegende Lichtkugel interessiert und ihn offenbar auch nicht bemerkt und setzen ihren Weg durch den Tunnel fort.

Ion wagte es gerade wieder, sich ein wenig zu entspannen und durchzuatmen, als neue Geräusche ihn wieder in Alarmbereitschaft versetzten. Es klang, als ob ein großes und schweres Objekt verschoben wurde. Gleichzeitig wurde es noch ein kleines bisschen dunkler in Ions Nische. Der Richter nahm sich nochmal einen Augenblick Zeit, um sein Herz zu beruhigen, damit sein lautes Schlagen ihn nicht doch noch verraten würde. Dann spähte er vorsichtig aus der Nische heraus. Der Eingang der Höhle war nun verschlossen, er war hier nun gefangen.

Leise und vorsichtig schlich Ion durch den Tunnel, hob seine Lichtkugel wieder auf und drehte sie ein wenig heller. Er bewegte sich zum Ausgang der Höhle und fand dort eine glatte Steinplatte vor, die den Tunnel komplett verschlossen hatte. Ein Mechanismus war nicht zu finden.

Schließlich schlich Ion in die Nische zurück und versuchte, den Terminal zu starten. Auch dieses Vorhaben blieb erfolglos. Ihm blieb nichts anderes übrig, als tatenlos abzuwarten oder tiefer in den Tunnel vorzudringen. Er atmete tief durch und machte sich auf den Weg, die Gefahren des Tunnels zu erkunden.

Der Tunnel führte Ion immer tiefer hinab. Nach einer ganzen Weile stieß er auf eine Kreuzung. Ab hier waren die Tunnel größer und die Wände, Boden und Decke glatt. Lichtkugeln waren ab und zu in die Decke eingebaut, gaben jedoch kein Licht von sich. Die Luft war hier auf einmal warm und stickig. Ion zog die Jacke seiner Rüstung aus. Dann lauschte er. Ein weit entferntes, ständiges monotones Rauschen war zu hören, wie ein dauerhaftes Schleifen.

In den Gängen links und rechts konnte Ion nichts besonderes erkennen, so ging er geradeaus weiter. Hier entdeckte er nach kurzer Zeit eine schwere Tür aus Metall zu seiner Linken. Ein unnötig großer Griff ließ sich unnötig schwer herunterdrücken und die Tür ging mit einem unnötig lautem Knarren auf. Ion nahm sich vor, keine Türen mehr unnötig zu öffnen, von denen er nicht wusste, welche Gefahren sich dahinter verbergen mochten.

Ein unangenehmer, leichter aber penetranter Geruch schlug ihm entgegen, als er den Raum betrat. Es roch nach Verbranntem, und es roch nach Verwesung und Fäkalien. Es war hier noch wärmer und noch stickiger. Der Raum war praktisch leer. Drei Terminals waren in die Wand zu seiner Linken eingebaut, zu seiner Rechten befand sich eine große, schwere Falltür. Ion schüttelte langsam den Kopf, als wollte er sich selbst etwas ausreden. Schließlich bewegte er sich misstrauisch zu der Falltür hinüber. Er fasste sie am Griff an und sammelte sich einen Augenblick, um auf alles vorbereitet zu sein. Dann öffnete er die Falltür.

Ion war nicht vorbereitet gewesen auf das, was ihn unter der Falltür erwartet hatte. Nicht nur die Hitze brachte ihn schlagartig zum Schwitzen, auch der Gestank, der nun praktisch unerträglich war. Er hielt sich die Hand vor den Mund. Gleichzeitig wurde ihm eiskalt bei dem Anblick, der sich ihm bot.

Die Halle unter der Falltür musste unglaublich groß und hoch sein. Und stabil: Unter Ion bewegte sich ein Horngigant hinweg. Gewaltige Metallstangen waren ihm in die Panzer gerammt und dort

befestigt worden. Er war Bestandteil einer giganti-
schen Apparatur, die von mehreren Horngiganten
betrieben wurde, die nichts anderes tun konnten
als unentwegt im Kreis zu laufen und so die Anlage zu betreiben. Die riesigen Kadaver anderer
Horngiganten lagen am Rande des Geschehens,
zum Sterben zurückgelassen und vergessen.

Ion konnte den Anblick der Anlage, ihre Gerü-
che und die Gedanken daran nicht länger ertragen. Er ließ die Falltür los, die mit lautem Knall zu-
fiel. Es scherte ihn nicht. Er schleppte sich schnell
aus dem Raum raus und kauerte sich im Tunnel
an die Wand, gegen Übelkeit und Verzweiflung an-
kämpfend.

Tränen schossen ihm in die Augen und liefen
ihm über das Gesicht. Er schluchzte für Augenblicke, die ihm wie eine Ewigkeit vorkamen. Dann
schluckte er und schloss die Augen. Für ein paar
Momente hätte man ihn für tot halten können.
Schließlich fing Ion leicht an zu zittern. Sein wei-
ßes Gesicht wurde rot und seine Fäuste ballten
sich. Er zog tief Luft ein, wischte sich das Gesicht
trocken und stand auf. Wut und Entschlossenheit
erfüllten jede seiner Fasern und glühten in seinen
Augen. Er biss die Zähne zusammen. Er nahm
sein Zepter fest in beide Hände und drehte ruckartig in entgegengesetzte Richtungen daran. Es
schnappte auseinander. Dann ging er los. Jedes
wilde Tier hätte bei diesem Anblick sofort das Weite gesucht.

*

Bero und Manjaro hatten gemeinsam einen
Weg in die Anlage gefunden. Als ihre Gefährten
nicht mehr auffindbar gewesen waren, hatten sie

beschlossen, die Anlage zu zweit zu erkunden und zu hoffen, die anderen dort wiederzufinden. Sie betraten gerade einen großen Computerraum. Die Lichtkugeln hier waren alle aktiviert. Alles war rein funktionell eingerichtet und wirkte kalt und unpersönlich. Verschiedene verschiebbare Sitze mit daran montierten Terminals standen ungeordnet im Raum herum.

Doch besonders beachtenswert war eine große Kugel auf der anderen Seite des Raumes, die auf einem großen breiten Sockel stand. Im Gegensatz zum Rest des Raumes wirkte sie relativ neu. Die obere Hälfte der Kugel bestand aus durchsichtigem Material, ihr Inneres bot einen schallgeschützten Sitzplatz. In der Kugel befand sich ein Terminal, ein Bildschirm, ein Schaltpult und eine Frau, die an verschiedene Geräte angeschlossen war.

Graue Strähnen hingen der Frau in das Gesicht, das blass, alt und eingefallen wirkte. Sie trug ein schlichtes, kariertes Hemd, das eher zu einem männlichen Techniker passte. Beim Näherkommen bemerkten Bero und Manjaro, dass sie von der Hüfte abwärts in einer Maschine steckte, die Teil der Kugel war. Ein dünner Schlauch für medizinische Versorgung steckte in ihrem Arm. An ihren Schläfen waren elektronische Geräte befestigt, an denen verschiedenfarbige kleine Lichter leuchteten und blinkten.

Ihre Augen, die tiefer im Schädel zu sitzen schienen als es gesund wirkte, schauten geistesabwesend in eine Unendlichkeit, die nur sie sehen konnte. Ein leichtes entrücktes Lächeln umspielte ihre Lippen. Sie bewegte sich nicht. Ihr Atem war so flach, dass er kaum zu sehen war.

Bero dachte einen Augenblick lang angestrengt nach, dann fiel ihm ihr Name wieder ein. „Orania", sagte er.

Ein Hauch von Leben floss in die Frau. Langsam und träge hob sie den Kopf, drehte ihn den Besuchern zu und schien sie doch kaum wahrzunehmen. Der Wächter hatte den Eindruck, sie schaue direkt durch ihn hindurch.

„Ja, das ist einer meiner vielen Namen", antwortete sie nach einigen Augenblicken, als ob sie sich nach einem Moment des Nachdenkens schließlich an ihn erinnert hätte. „Aber eigentlich nennt man mich Aerie", stellte sie sich mit leiser Stimme vor.

„Wie das Computersystem?", fragte Manjaro mit Zweifel in der Stimme und in den Augen.

„Wie die *Göttin*", antwortete Orania lachend, als ob die Antwort für jeden offensichtlich gewesen wäre. In ihrem Blick schien einen Moment lang Mitleid zu liegen, dann Güte, so wie eine Mutter ihr Kind anlächelt, das aus Unwissenheit eine harmlose Dummheit begangen hat. Dann fiel ihr Blick auf das Schaltpult vor ihr.

Aus der Elektronik vor ihr erklang eine männliche Stimme. Sie wirkte unsicher und ängstlich. „Ich stehe jetzt vor der Tür, Aerie", sagte sie. „Was muss ich jetzt tun?"

Orania strahlte, als hätte sie gerade eine besonders frohe Nachricht erhalten. Sie wandte sich langsam dem Steuerpult vor ihr zu, schob ihre Hand zu einem Knopf und drückte ihn schließlich.

„Wie schön! Ich freue mich so. Komm herein", sagte sie im zuckersüßen Ton, „deine neuen Freunde erwarten Dich bereits!"

Dabei strich sie mit der anderen Hand über das Schaltpult, als würde sie es streicheln, zitterte jedoch stark dabei. Dann senkte sie ihren Kopf und betrachtete die anderen Knöpfe auf dem Schaltpult aus nächster Nähe. Ihre Nase berührte das Pult beinahe dabei. Schließlich drückte sie noch einen anderen Knopf und sagte: „Herzlich Willkommen zu Hause!"

Bero und Manjaro blickten einander kurz unentschlossen und ungläubig an, bevor ein leises Zischen sie wieder dazu brachte, Orania in ihrer Kugel anzusehen. Links und rechts von der Frau stieg leichter Rauch auf, der sich sogleich in der Kugel verteilte. Mit einem Mal atmete Orania tief ein, hielt den Atem für einen Augenblick an und atmete mit einem Seufzer des Wohlbehagens wieder aus. Entspannt sank sie noch etwas mehr in sich zusammen. Ihr Zittern legte sich. Ihre Augen schlossen sich.

Manjaro und Bero näherten sich der Kugel noch etwas, langsam und argwöhnisch. Sie standen nun direkt davor. Eine andere Stimme erklang aus dem Schaltpult.

„Gut gemacht", sagte die männliche Stimme. Sie klang gar nicht unsicher und trotz der lobenden Worte auch nicht freundlich, und Manjaro bemerkte sofort, wie Bero seine Muskeln anspannte und sein Blick sich verdüsterte. „Ruh' Dich nun aus, Aerie. Du hast es Dir verdient", fügte die Stimme hinzu. Die obere aus Glas bestehende Hälfte der Kugel färbte sich langsam in einen dunklen Blauton. Auch die kleinen Lichter der elektronischen Geräte an Oranias Stirn erloschen oder wechselten ihre Farbe zu einem leuchtenden Blau.

„Zent!", zischte Bero wütend durch zusammengebissene Zähne.

Manjaro untersuchte die Kugel näher und fand einen Mechanismus, um sie zu öffnen.

„Warte!", rief Bero, aber der Jäger hatte den Schalter bereits betätigt.

Die obere Halbkugel klappte nach hinten auf. Die Rauchwolke, die in der Kugel eingeschlossen gewesen war, breitete sich nun aus und hüllte Manjaro ein. Bero machte rechtzeitig einen Sprung zurück.

Manjaro schlug sich die Hand vor den Mund und wandte sich ruckartig ab. Mit zusammengekniffenen Augen bewegte er sich in Beros Richtung, bevor er es wieder wagte, die Augen zu öffnen und Luft zu holen.

„Das kann man doch nicht atmen", krächzte er und fing an, zu husten.

„Man sollte meinen, eine Erfahrung dieser Art würde Dir pro Tag reichen", kommentierte der große Wächter trocken und mit einem mitleidslosen Blick, „aber Du bist wohl auf den Geschmack gekommen!"

Manjaro schüttelte sich. „Mir ist schon wieder ganz komisch", sagte er und deutete auf die schlafende Orania. „Was machen wir mit ihr?"

Bero schüttelte den Kopf. „Nichts, lass sie schlafen", antwortete er. „Sie ist keine Gefahr für uns, glaube ich. Sie scheint nicht mal diese Kugel verlassen zu können, wenn sie das wollte. Sie ist ja regelrecht darin integriert. Suchen wir lieber den echten Betreiber dieser Anlage und schalten dann das ganze Ding hier ab. Dann können wir uns immer noch um sie kümmern."

Er drehte sich um und schaute direkt in die unheilvoll funkelnden Augen eines großen, muskulösen Tieres, das sich unbemerkt in den Raum geschlichen hatte. Es fauchte und entblößte dabei seine scharfen Zähne. Unter seiner schwarzen Haut spannten sich die Muskeln an und die Krallen an seinen Pfoten fuhren aus.

Das große, muskulöse Tier sprang auf Bero zu. Zum Ausweichen blieb ihm keine Zeit mehr. Er schaffte es gerade noch, das schwarze Muskelpaket an den Schultern zu packen, bevor es mit seinen scharfen Zähnen den Hals des Wächters erreichen konnte. Er nutzte die Sprungkraft des Angreifers, um ihn an sich vorbei in den Raum hinein zu schleudern.

In diesen kurzen Augenblicken bemerkte Bero die kleinen elektronischen Geräte, die flach an den Schläfen der Kreatur angebracht waren. Kleine rote Lämpchen blinkten daran.

Bero zog seine kurzen, breiten Säbel hinter dem Rücken hervor und Manjaro zückte geschickt zwei kleine Messer aus seiner Kleidung, die dort unauffällig verborgen gewesen sein mussten. Beide warf er dem angriffslustigen Tier entgegen, das den Waffen jedoch wendig entging. Wieder fauchte es, legte seine kleinen Ohren an und sprang Manjaro entgegen. Der Jäger hatte bereits zwei weitere verborgene kleine Messer aus seiner Kleidung gezückt und griff ebenfalls an.

Für einen Augenblick prallten sie schwer aufeinander, dann lösten sie sich wieder voneinander. Die schwarze Kreatur senkte seinen Körper tief zu Boden und setzte schon wieder kampfbereit zu einem neuen kraftvollen Sprung auf den Jäger an.

Bero näherte sich der Kreatur von hinten und schrie, um dessen Aufmerksamkeit zu erhalten. Die bekam er auch. Das Tier fuhr herum und sprang dabei so schnell auf Bero zu, dass dieser fast keine Zeit gehabt hätte zu reagieren, obwohl er genau diese Reaktion hatte provozieren wollen.

Mit den Knäufen seiner Säbel schlug er nach dem Kopf der Kreatur. Der erste Schlag streifte den Kopf nur. Der zweite verfehlte sein Ziel völlig, da das Tier dem Angriff auswich. Der dritte Schlag traf mit Wucht und Präzision auf das flache, elektronische Gerät an der Schläfe des wilden Tieres. Kleine Splitter flogen davon ab und die kleinen Lichter daran erloschen.

Das Tier flog durch die Luft, schlug auf dem Boden auf und rollte sich geschickt ab. Kampfbereit kam es wieder auf die Pfoten und schlug die Krallen in den Boden. In seinen Augen lag Schmerz und Wut als es fauchte, was sich fast schon wie ein Schrei anhörte. Dann blickte es blitzschnell umher, wirkte benommen und unschlüssig, fauchte noch einmal und floh dann durch die Tür aus dem Raum hinaus, durch die Bero und Manjaro gekommen waren. Für ein paar Augenblicke hörten die beiden noch, wie sich das Tier schnell entfernte und dabei etwas umwarf, dann war es still im Raum.

Orania hatte von den Ereignissen überhaupt nichts mitbekommen und schlief friedlich in ihrer Kugel.

Sie atmeten tief durch. Manjaro steckte schließlich ohne zu gucken seine Messer wieder weg und machte sich auf den Weg, die anderen beiden Messer wieder einzusammeln, die er nach der Kreatur geworfen hatte. „Gut reagiert", sagte er anerkennend. Er deutete auf Blutspuren, die das Tier beim Abrollen auf dem Boden hinterlassen hatte. „Ich hab es allerdings auch erwischt. Was waren das wohl für Geräte an seinem Kopf?"

Bero schüttelte mit dem Kopf, um anzudeuten, dass er darauf keine Antwort hatte. Seine Augen sagten, dass er im Augenblick auch etwas ganz anderes im Kopf hatte.

„Es hat dich auch ganz schön erwischt. Das müssen wir möglichst schnell irgendwie versorgen", sagte er und deutete auf Manjaros rechten Arm.

„Ach was, Kratzer", sagte Manjaro leichtfertig lächelnd und hob unbeschwert seinen Arm. Dann verstummte er und betrachtete schockiert seine dort zerrissene Kleidung und seinen blutüberströmten Arm. Sein Blut tropfte zu Boden.

Überrascht und mit großen Augen schaute er Bero an. „Interessant. Das tut gar nicht weh", sagte er.

*

Hallo Kumono! Hier ist wieder 'Abenteuer Kumono', der Radiosender für all die Forscher und Entdecker dort draußen. Wir sind Yenna aus Liberin und Ordon aus Geroda, Eure Moderatoren auf Tekion.

Yenna: Wir freuen uns darüber, heute Besuch hier zu haben. Vielen von Euch ist der Name Kessaya sicher ein Begriff: die berühmte Richterin von Liberin, die an Ions Seite Tekion erkundet hat und dabei half, den Turm von Tekion und die Technik wieder zu reaktivieren. Außerdem -

Kessaya: Hallo. Ich habe auch Pandor mitgebracht. Er ist Techniker, ebenfalls aus Liberin.

Pandor: ...ähm, hallo...

Ordon: Herzlich Willkommen, Ihr zwei! Kessaya, Du warst eine der ersten Menschen, die nach langer Zeit wieder Tekion betreten haben. Was hast Du dabei empfunden?

Kessaya: Also, nichts besonderes eigentlich. Aber wir sind heute vor allem hier, weil wir eine ganz dringende Botschaft an alle haben. Pandor hat nämlich eine sehr wichtige Entdeckung gemacht. Los, sag es ihnen!

Pandor: ...tja...

Yenna: Genau, Pandor. Wir wollen alle hören, was Du entdeckt hast. Erzähl uns davon!

Pandor: In Ordnung... Also... Während ich so verschiedene Geräte aktiviert und untersucht hab... Da war auch ein Radio dabei und da hab ich die erste Folge von 'Abenteuer Kumono' gehört. Das fand ich ganz toll, ich freue mich über jede Folge -

Kessaya: Das ist doch jetzt nicht wichtig! Erzähl ihnen schon von Deiner Entdeckung!

Pandor: Ja gut, also, irgendwann hab ich dann so eine komische Stimme gehört. Ich hab erst gedacht, jemand steht hinter mir, oder so. Aber die Stimme kam aus einem der Geräte. Kein Radio, ein anderes Gerät, das andere Methoden für die Übertragung benutzt als das Radio...

Kessaya: Jetzt komm schon zum Punkt!

Yenna: (kichert)

Pandor: Nun, also es ist so:Vermutlich haben auch andere Menschen bereits diese Stimme gehört. Sie spricht mit einem, will wissen ob man alleine ist. Sie hört einem zu. Ich habe ein Gespräch zwischen ihr und einem Mann aus Feuertal gehört. Sie... ergreift irgendwie Besitz von einem... überredet Dich, Dinge zu tun... zu ihr zu kommen. Und sie ist angeblich die Göttin Aerie. Und bei ihr ist angeblich alles ganz toll und man lernt ganz viele neue Freunde kennen. Naja, es klingt für mich sehr nach einer Falle.

Kessaya: Das ist die Freundin von Zent.

Pandor: Naja, genau wissen wir das nicht.

Kessaya: Das ist die Freundin von Zent! Und Ihr dürft auf keinen Fall auf sie hören! Wenn Ihr diese komische Stimme hört, dann meldet das sofort Euren Richtern! Sprecht mit anderen darüber – alle müssen gewarnt sein! Es sind schon Leute verschwunden, die sind bestimmt auch in diese Falle gegangen.

Ordon: Das ist tatsächlich eine sehr wichtige Information.

Kessaya: Ja! Und ich habe noch etwas wichtiges zu sagen.

Ordon: Gut. Erzähl, was Du uns sagen willst.

Kessaya: Nein, das ist nicht an Euch gerichtet. Ich richte meine Worte ganz direkt an Ion! Jetzt hör mal zu, Ion! Ich weiß ganz genau, dass Du schon wieder unterwegs bist! Es ist eine Unverschämtheit, dass Ihr einfach so ohne mich wieder unterwegs seid! Ihr seid doch Zent schon wieder auf der Spur, hab ich nicht Recht? Ich weiß, ich hab Recht! Und deswegen komme ich jetzt mit Pandor vorbei!

Pandor: ...äh...

Kessaya: Ich weiß nicht, wo Ihr seid, aber Ihr könnt Euch darauf verlassen, dass ich Euch finden werde! Und Ihr habt besser eine gute Erklärung parat, wenn ich Euch finde!

Yenna: (kichert) Starke Worte von einer starken, kleinen Frau.

Kessaya: So klein bin ich gar nicht!

Ordon: Also, liebe Leute, Ihr habt es gehört. Bitte gebt gut auf Euch und Eure Freunde acht! Rennt nicht jeder Göttin hinterher! Und Ion: Wir wünschen Dir viel Erfolg auf deiner Mission, was immer Du gerade wieder tust. Und sei gewappnet, wenn Kessaya Dich in die Finger bekommt, denn wie heißt es? Nichts ist so schlimm wie die Rache einer Frau.

Yenna: Dann pass besser auf!

Ordon: Genau.

Yenna: Ich meine Dich!

*

Morafey folgte Naga durch die Engels-Ebene. Es gab keinen Weg, dem sie folgten. Es gab nur Dornenbüsche, die immer mehr und auch immer größer wurden, säurehaltige Nesselranken, die schmerzhaft ausschlagen konnten und Stachelpilze, die ihre Stacheln auf zu nah Vorbeiziehende abschießen würden, um ihre Sporen so weiter zu verbreiten. Die dunklen Bäume wurden immer höher und ließen kaum noch einen Blick in den Himmel zu. Die wenigen Früchte und Beeren, die man hier finden konnte, rochen faulig und sahen ungesund aus.

Auch die Tierwelt wurde immer stacheliger und aggressiver, je weiter sie vordrangen. Sie wurden gestochen und gebissen von Tieren, die auf den ersten Blick wie ein Teil der unfreundlichen Pflanzenwelt aussahen. Von oben herabrieselnde Blätter entpuppten sich bei der Landung auf ihren Köpfen als blutsaugende Insekten, Zweige, die sie sanft aus dem Weg drücken wollten, wickelten sich urplötzlich um das Handgelenk und bissen zu.

„Wir sind hier ganz und gar nicht willkommen", schimpfte Morafey. „Das kann nicht dein Ernst sein, dass Du uns unbedingt weiter durch dieses Gebiet bringen willst! Die kleinen Biester werden uns aufgefressen haben, bevor wir irgendwo ankommen!"

„Sei froh, dass Du die *großen* Biester hier noch nicht zu Gesicht bekommen hast", entgegnete Naga scherzhaft, auch wenn sein Tonfall verriet, dass ihm eigentlich nicht nach Scherzen zumute war. Ein Tritt von hinten gab ihm ferner zu verstehen, dass es die falsche Aussage war, um die Stimmung vor Ort zu verbessern.

„Schau mal, da hinten wird das Gebiet heller und durchgängiger", konnte der Jäger seine Freundin kurze Zeit später schon beschwichtigen. Das Gebiet, auf das er zeigte, wirkte geradezu fehl am Platz: Die Sonne brach durch, grüne Pflanzen behaupteten ihren Platz zwischen den dunklen grauen und braunen Dornen und Stacheln. Es wirkte wie eine Oase in einer Wüste.

Es dauerte noch eine Weile, bis sie dort tatsächlich auch ankamen. Die Stiche und Bisse kleiner Tiere sowie die dornenreichen und säurehaltigen Angriffe teilbeweglicher Pflanzen setzten ihnen bis dahin noch gehörig zu.

Aber schließlich erreichten sie das Gebiet. Die Sonne schien auf eine Fläche, die fast die Größe eines Dorfes haben musste, rundherum dicht und weit umzäunt und verteidigt von natürlichen Schutzmechanismen.

Das Gebiet selbst jedoch wirkte wie ein wunderschöner, friedlicher Ort voller verschiedenster Grünpflanzen, Blumen, Pilzen, Gräser und Moose. Alle schienen verschiedene Methoden zu nutzen, um Wasser auf oder in sich zu halten. Viele Pilzhüte waren geformt wie kleine Wasserbecken, die Moose und Gräser hielten das Wasser durch ihre kleinen Verzweigungen oder mit feinen Härchen fest, andere Pflanzen bildeten Hohlräume aus kleinen Verästelungen, in denen sie faustgroße Wasserkugeln hielten oder formten Röhren und Schalen aus ihren Blättern. Überall gab es kleine Wasserstellen und Teiche, und die Sonne funkelte und glitzerte in jedem Tropfen, in jeder Wasserkugel und auf jeder Wasseroberfläche.

Eine kleine Rüssel-Flugechse flog zwischen größeren Blumen umher und labte sich an ihrem Nektar. Ein paar Wald- und Wiesenbienen flogen hier und dort herum, fast kugelrunde grüne und gelbe Körper, die sich durch das Bewegen ihrer langen, festen Härchen wie in einem langsamen Tanz durch die Luft bewegten. Ganz ähnlich bewegten sich ein paar Luftschlangen weiter oben im leichten Wind, mit flüchtigem Blick kaum zu erkennen, dünn wie ein Grashalm und am ganzen Körper mit langen weißen Härchen ausgestattet, Blütenpollen fangend.

Eine Weile begnügten die Jäger sich damit, den Anblick zu genießen. Dann machte Morafey schließlich einen beherzten Schritt nach vorne. Sie sank bis zum Knöchel ein, taumelte und griff instinktiv nach Naga, hielt sich an seiner Schulter fest und ließ sich von ihm stützen.

Mit überraschten, großen Augen schaute sie ihn an. Dann lächelte sie. „Vorsicht", warnte sie, „der Boden ist ganz weich und nachgiebig."

„Und nass", ergänzte Naga, der zusah, wie das Wasser sich über den pflanzlichen Boden bewegte, bevor es wieder nach und nach von anderen Pflanzen aufgenommen und festgehalten wurde. Sie stützten sich gegenseitig, während sie sich langsam und vorsichtig durch das große Gebiet aus Wasser und Wasserpflanzen bewegten. In den Wasserstellen und Teichen sahen sie hin und wieder Fische, Wasserschlangen und andere Unterwasserwesen.

„Das sieht fast aus wie eine Höhle oder ein Tunnel", sagte Morafey und deutete auf eine weiter entfernte Stelle am Rand des Gebietes. „Vielleicht ist das ja ein sicherer Weg durch den Dornenwald."

Naga schaute eine Weile lang konzentriert auf die Stelle, während sie sich langsam in die Richtung bewegten. Tatsächlich sah es so aus, als ob dort ein Durchgang, ein Tunnel oder ein Höhleneingang aus Zweigen und Ranken zu sehen war. „Es sieht aus wie natürlich gewachsen", meinte er schließlich, „aber seltsam kommt es mir schon vor."

Mit einem Mal war Morafey mit einem Platschen verschwunden. Nur einen Augenblick später tauchte sie prustend wieder zwischen den Gräsern und Moosen auf, auf denen sie eben noch gelaufen war. Naga half ihr sofort wieder hoch. Beide waren jetzt ganz vorsichtig.

Morafey verwandelte Nagas aufkeimenden Verdacht sogleich in Fakten, als sie sagte: „Da ist überhaupt kein Boden! Wir laufen die ganze Zeit über nur auf Pflanzen, die über das Wasser gewachsen sind und miteinander zusammenhängen. Ich glaube, das ganze Gebiet hier ist ein riesiger See! Und tief unten im See sind überall Lichter!"

„Dann lass uns bloß noch vorsichtiger weitergehen", sagte Naga, direkt bevor auch er ohne Vorwarnung zwischen Gräsern und Pflanzen im Boden verschwand und gleich wieder auftauchte. Morafey half ihm wieder hoch.

„Stimmt, überall Lichter", bestätigte er.

„Wir müssen uns einen anderen Weg suchen", lachte sie.

Die beiden Jäger schauten noch nun genauer. Hochkonzentriert versuchten sie herauszufinden, wo sie sicher gehen konnten und wo die Pflanzen nicht fest genug waren, um sie zu halten. Eine Gruppe von Nebelsängern hielten sich in den hohen Dornenbäumen am Rande des Gebietes auf: Sie waren große, bunte Vögel, die fantastisch singen und Geräusche imitieren konnten. Sie blieben jedoch still. Fast wirkten sie, als beobachteten sie die Jäger interessiert.

Schließlich erreichten Morafey und Naga wieder den Rand des Gebietes und traten dann eilig durch den Ring aus Zweigen und Rankenpflanzen, um wieder festen Halt unter den Füßen zu spüren. Hinter diesem Durchgang fanden sie eine Höhle vor, deren Wände ebenfalls aus Pflanzen bestand, noch strukturierter und systematischer miteinander verwoben. Der Boden bestand aus weichem, trockenen Moos.

„Keine Dornen, keine Stecher und Beißer", stellte Morafey zufrieden fest.

„Diese Höhle ist künstlich angelegt worden", behauptete Naga.

„Wie könnte das sein, Naga?", fragte Morafey skeptisch. „Die Wände bestehen aus den unterschiedlichsten Pflanzen: lang und kurz, hart und weich, langlebig und kurzlebig. Wie lange würde es dauern, bis man auf diese Weise eine Höhle hat wachsen lassen? Und dann muss noch alles genau miteinander verwoben werden, was unglaublich lange dauern würde."

Naga schaute sich in der Höhle um. Sie mussten sich erst an die Dunkelheit gewöhnen, um genauer sehen zu können. Er nickte. „Ja, eine perfekte Arbeit aus Geduld, Wissen und Handwerk", antwortete er und strich über die verwobenen Pflanzenwände.

Morafey legte sich in das trockene Moos und schloss die Augen, um sich ein wenig von den Anstrengungen zu erholen. „Diese Höhle ist ganz allein für mich gewachsen", behauptete sie, „damit ich mich hier ausruhen kann. Wenn Du mich von etwas anderem überzeugen willst, brauchst Du handfeste Beweise."

„Wie diese hier?", fragte Naga.

„Nein, das zählt nicht", sagte Morafey schwerfällig, bevor sie überhaupt wusste, wovon Naga redet. Sie öffnete langsam die Augen und drehte sich träge in seine Richtung. Er wartete darauf, dass sie zu ihm rüber sah. Dann schob er eine Hand in die Wand hinein und zog ein wenig – ein Spalt öffnete sich. Morafey öffnete sprachlos den Mund. „Dahinter geht es anscheinend weiter", sagte Naga.

„Ich bin müde", beschwerte sich Morafey, doch auf einmal war sie es gar nicht mehr. Sie rollte sich hoch und eilte zu ihrem Freund rüber, der den Spalt mit beiden Händen mühelos vergrößerte, bis eine einzelne Person hindurchgehen konnte.

„Jetzt erzähl mir noch, dass auch das natürlich gewachsen ist", verlangte er, als sie einen Blick durch den Spalt warfen. Ein Gang aus Pflanzenwänden offenbarte sich, führte abwärts und um die Kurve. Erstaunt waren sie aber vor allem über die Treppe aus Zweigen, Wurzeln und Rankenpflanzen, die in die Tiefe führte.

*

[Plog: Krani, Geroda]

Hallo, wird dieses Plog jetzt gelesen? Werden jetzt andere Jäger darüber benachrichtigt?

[Koordinaten übertragen]

Wir sind gerade an diesen Koordinaten, in einer Höhle bei einem großen See. Ich glaube, es gibt hier Vila. Diese gefährlichen Kreaturen, von denen man in Ions Plog lesen kann. Kann das sein? Können die auch schwimmen?

Und tauchen?

Wir haben uns gleich hier in der Höhle versteckt, als wir sie entdeckt haben. Also, Inaja, Gumo und ich. Was sollen wir nun tun?

*

[Plog: Krani, Geroda]

Hallo? Ist denn da niemand?

*

Kapitel 5: Engel

Naga und Morafey wagten sich langsam und vorsichtig auf die Treppe aus Zweigen, Wurzeln und Rankenpflanzen. Sie war stabil und widerstandsfähig, das Gewicht der Jäger wurde von jeder einzelnen Stufe mühelos ausgehalten.

„Das sieht hier ja aus wie bei Katzui zu Hause", bemerkte Morafey leise.

„Wer ist Katzui?", fragte Naga.

„Naja, ich kenne sie nicht persönlich", gestand Morafey ein, „aber sie schreibt in ihrem Plog über Häuser aus lebendigen Pflanzen."

Der Gang war zunächst dunkel, doch je weiter sie vordrangen, umso mehr Helligkeit fanden sie vor. Pilze so klein wie Sandkörner sprenkelten immer mehr der dicken Ranken und gaben blasses Licht in verschiedenen Farben von sich, silberne Ranken so dünn wie Haarsträhnen zogen sich immer mehr durch die Wände und schienen ebenfalls ihr eigenes Licht von sich zu geben.

Dann weitete sich der Gang und ging über in ein riesiges unterirdisches Gewölbe, in welches die Treppe hinein und hinab führte. Atemberaubende Konstruktionen aus Geäst und Ranken wurden sichtbar, ineinander verwoben, das eine durch das andere hindurch wachsend und einander stützend und haltend: Treppen, Ebenen, Gänge und Leitungen.

Ehrfürchtig verharrten die Jäger für einen Augenblick beim Anblick des Gewölbes.

Diffuses Licht schimmerte durch die Decke hindurch. Durch ihre stellenweise extrem dünn wirkenden Netze aus Pflanzenfasern konnten Morafey und Naga das Wassergebiet erkennen, durch das sie eben noch gelaufen waren. Schatten von Fischen und anderen im Wasser lebenden Wesen zogen direkt über ihre Köpfe hinweg.

Schläuche und Säulen aus dünnen Rankenpflanzen hingen von der Decke herab. An ihren Innenwänden aus netzartigen Strukturen lief langsam Wasser hinab in die Tiefe. Doch viel beeindruckender war noch, dass sie so wirkten, als ob sie auch Licht transportieren würden. Immer wieder schien ein Schwall von Licht hier und dort durch die Strukturen zu fließen, das Wasser zu überholen und sich unten in der Tiefe zu verlieren, sich in Töne von Blau und Violett zu verwandeln, bevor sie sich auflösten.

Von unten wiederum leuchtete warmes Licht aus hohen Säulen herauf, welche durch den Boden zu wachsen schienen; halbtransparente Kristalle, die Töne von Gelb, Orange und Rot ausstrahlten, welche sich in endlos langsamer Geschwindigkeit abwechselten und dadurch fast lebendig wirkten.

Naga und Morafey setzten staunend und schweigend ihren Weg nach unten fort.

Das Gesamtbild hatte sie vollkommen eingenommen, doch nun fingen sie an, auch die kleinen Details zu entdecken: verschiedene Pilze, Beeren und andere kleine Früchte wuchsen an verschiedenen Stellen, pflanzliche Wasserbecken sammelten hier und dort das Wasser, die Säulen und Schläuche wurden teilweise bewohnt von Raupen oder ähnlich aussehenden Insekten und Tierchen.

Nun bemerkten sie auch kleine kunstvoll gefertigte Objekte und Gegenstände aus den verschiedensten Materialien, die an Ästen und an Ranken befestigt waren: kleine Figuren und Masken, Waffen und Werkzeuge, Schmuck und Dekoration. Manche waren ganz schlicht, andere aufwendig, verschnörkelt und verziert. Manche waren aus Holz, manche aus Metall, andere aus Stein und wieder weitere waren aus Tierhaaren, Federn, Horn und anderen tierischen Materialien.

Schlussendlich nahmen sie die Gestalten wahr, die auf den Treppen und Ebenen zu erkennen waren. Die beiden Jäger hatten das Gefühl, dass ihre Anwesenheit hier den Gestalten nicht verborgen geblieben waren, sie sich dennoch bewegten, als gingen sie ihren normalen, täglichen Aktivitäten nach. Je tiefer sie jedoch hinabstiegen, umso mehr schienen sich ein paar der Gestalten zum Fuß der Treppe zu bewegen.

„Das sind keine Menschen", flüsterte Morafey kurz vor ihrem Zusammentreffen mit den Gestalten. Die spärliche Kleidung der unbekannten Zweibeiner bestand aus hauptsächlich pflanzlichen, teilweise aus tierischen Materialien.

Fünf dieser Gestalten warteten schließlich am Fuß der Treppe auf die beiden Jäger. Ihr Körperbau unterschied sich nicht wesentlich von dem der zwei Neuankömmlinge. Sie hatten eine etwas höhere Stirn, ausgeprägtere Wangenknochen und sahen insgesamt ein wenig knochiger aus. Ihre

Haut jedoch war für Naga und Morafey seltsam anzusehen. Sie schimmerte und schien zwischen Schwarz und Weiß zu wechseln, wobei es entweder so aussah, als ob es eine weiße Haut über schwarzem Fleisch war oder umgekehrt. Jede der Gestalten hatte ein paar individuelle Flecken, die ein wenig anders schimmerten. Sie alle hatten rote Augen und schwarze Haare.

Die vorne stehende Gestalt schien der Anführer zu sein; er hatte schlichten Schmuck aus Holz und Horn in den Haaren, eine Kette scharfer Zähne um den Hals und trug verzierte Armreifen aus Gold. In seiner Hand hielt er ein kleines, zierliches Rohr. Hinter ihm standen jeweils links und rechts von ihm ein Mann und eine Frau zusammen, allesamt ohne Schmuck. Alle wirkten distanziert, aber entspannt und freundlich.

„Menschen", sagte der Anführer schließlich. Seine Stimme war ruhig und sein Gesichtsausdruck war gütig. „Jäger-Clan", ergänzte der Anführer, während er Naga und Morafey von oben bis unten betrachtete. In der Zeichensprache der Jäger machte er die Geste für 'Alles in Ordnung'. Den Jägern aus Geroda fiel die Kinnlade runter. Er sprach nicht nur ihre Sprache, wenn er sie auch ein wenig merkwürdig aussprach, sondern dazu noch die Zeichensprache der Jäger. Der Anführer lächelte. Anscheinend hatte er den Effekt erzielt, den er bewirken wollte.

Naga und Morafey verneigten sich vor den Gestalten, welche die Geste sogleich erwiderten.

„Und wer seid Ihr?", fragte Morafey, noch zu verblüfft um sich zu fragen, ob die Frage zu diesem Zeitpunkt höflich oder angemessen war.

„Viele Namen von Euch", sagte der Anführer und zählte mit den Finger ab, was er aufzählte: „Engel, Geister, Gespenster, Phantome."

Er winkte ab, als gäbe es noch zahlreiche andere Begriffe.

„Chiya", sagte er dann, fasste sich an die Brust und machte dann eine Geste, die ihn und seine Begleiter einschloss.

„Ihr nennt Euch selbst Chiya", sagte Naga, um zu zeigen, dass er verstanden hatte.

„Yoma", sagte der Chiya, hielt sich wieder an der Brust fest, zeigte dann auf sein Gesicht und streckte anschließend die Hand zur Begrüßung aus.

Naga und Morafey stellten sich auf die gleiche Weise vor und schüttelten die Hand von Yoma. Die anderen Chiya kicherten leise.

„Hungrig? Durstig? Müde?", fragte Yoma, anscheinend gleichfalls amüsiert, obwohl er es nicht so sehr zum Ausdruck brachte wie die anderen.

Naga schüttelte den Kopf, was ebenfalls wieder Belustigung hervorrief. „Nein, eigentlich haben wir es sogar eilig", antwortete er.

Yoma nickte verständnisvoll und wirkte, als hätte er die Antwort bereits gekannt. „In Totes Land", sagte er mitfühlend.

„Woher weißt Du das? Woher weißt Du überhaupt so viel über uns? Wieso sprichst Du unsere

Sprache?", platzte es aus Morafey raus. Wiederum löste das Belustigung unter den Chiya aus.

Yoma beschwichtigte seine Leute. „Nebel singen von Menschen", war seine Antwort, auf die sich die Jäger keinen Reim machen konnten. „Chiya lieben Lernen und Chiya kommunizieren mit Nebel. Menschen interessant, intelligent, lustig. Menschen kennen Gedächtnissteine. Chiya sehen Menschen gerne durch Nebel. Wenige Chiya sehen *sehr* viel durch Nebel."

Den letzten Satz sagte er ein wenig lauter und betonter. Die Jäger aus Geroda erkannten, dass Yoma sie zwar ansprach, seine letzten Worten jedoch eigentlich an seine Begleiter gerichtet waren, die jedoch versuchten, keine Miene zu verziehen.

„Und warum seid Ihr nicht mal vorbei gekommen und habt 'Hallo' gesagt?", fragte Morafey vorwurfsvoll.

„Viel Schmerz von Menschen", sagte Yoma mit düsterer Miene und tiefer Stimme. Dann hellte sich seine Miene wieder auf und er winkte ab. „Vergangenheit", sagte er.

Einen Augenblick lang sagte keiner ein Wort, die Jäger fühlten sich unbehaglich.

„Jäger wünschen in Totes Land, Chiya zeigen angenehmen Weg unter Dornen, unter Tieren hindurch", bot Yoma den beiden an.

„Das wäre ganz entzückend", sagte Morafey erleichtert und dankbar. „Wisst Ihr, damit rettet Ihr meinem Freund auch das Leben", behauptete sie und deutete auf Naga, der verwundert die Augenbrauen hob. Sie drehte sich zu ihm um, schaute ihm fest in die Augen und erklärte: „Ich hätte ihn wohl umgebracht, wenn das der einzige Weg wieder hier raus gewesen wäre!"

*

[Plog: Krani, Geroda]

Wir haben Spuren in der Höhle entdeckt. Oh nein, ich glaube, das ist die Höhle der Vila! Und wir verstecken uns darin. Die brauchen ja bloß nach Hause zu gehen und schon essen sie uns auf!

Aber wenn wir jetzt wieder raus gehen, dann sehen sie uns vielleicht gleich und machen Jagd auf uns.

Hat denn keiner eine Idee? Liest das hier überhaupt jemand?

*

Auf dem Weg durch die unterirdisch gewachsenen Höhlen der Engels-Ebene lernten Morafey und Naga auch die anderen vier Chiya besser kennen. Dabei stiegen sie Treppen rauf und runter, passierten Gänge, kleine Räume und große Hallen atemberaubender pflanzlicher Vielfalt und leuchtender Kristalle.

„Leuchten diese Kristalle von selbst?", fragte Morafey unterwegs. „Denn dann hätten wir auch gerne welche davon. Wir benutzen Technik, um Licht zu erschaffen."

Dhiae, eine der zwei weiblichen Chiya lächelte sie an und schüttelte den Kopf. „Feuer unter Erde macht Licht. Kristalle bringen Licht hoch", erklärte sie.

„Feuer unter Erde?", fragte Naga nach. „Das würde ich mir ja gerne mal anschauen."

Die Chiya blieben stehen. Naga und Morafey stutzten und blickten sich fragend um.

„Feuer unter Erde", sagte Dhiae und zeigte hinter sich.

„Naja, ein anderes Mal vielleicht", entgegnete Naga mit einer abwehrenden Geste. „Wir sollten lieber weitergehen", erklärte er und deutete in die andere Richtung.

Dhiae nickte verständnisvoll, und die Gruppe setzte sich wieder in Bewegung. In der nächsten Halle trafen sie auf eine andere Gruppe von Chiya. Dhiae zeigte Morafey und Naga in der Zeichensprache der Jäger die Geste für Abwarten. Dann sprachen die Chiya miteinander. Naga und Morafey hörten interessiert zu.

„Gib es ruhig zu: Dir gefällt ihre Art, in unserer Sprache zu reden", raunte Morafey ihrem Freund zu. Naga musste schmunzeln und wog den Kopf ein wenig hin und her.

„Sie sagen anscheinend nichts unnötiges", fing er an, „und lassen Worte weg, die zum Verständnis des Gesagten nicht notwendig sind. Das ist auf jeden Fall praktisch gedacht."

Mit dem Kinn deutete er auf die beiden Gruppen von Chiya, die miteinander kommunizierten. „Aber ist Dir schon aufgefallen, wie wenig sie erst miteinander sprechen?", fragte er dann. „Achte mal darauf, wie sie einander antworten, wenn sie sich Fragen stellen."

Sie beobachteten die Chiya ein wenig gemeinsam, und schließlich schien einer der Chiya einem anderen eine Reihe von Fragen zu stellen. Auch bei ihnen waren Fragen daran erkennbar, dass die Stimme am Ende hoch ging. Der andere Chiya schien überhaupt nicht zu antworten, er sah so aus, als schaue er den Fragenden einfach nur an.

„Der will wohl nicht raus mit der Sprache", mutmaßte Morafey leise.

„Er antwortet", entgegnete Naga und schaute Morafey geheimnisvoll lächelnd ins Gesicht, um ihren verwirrten Gesichtsausdruck zu sehen. „Das müssen wir auch mal üben", fügte er hinzu.

Morafey sah dem Gespräch angestrengt zu, konnte jedoch nichts erkennen. Schließlich schaute sie Naga fragend an.

„Die Bewegungen sind fast gar nicht wahrnehmbar", erklärte Naga. „Es ist fast so, als würde der andere die Antwort nur *denken*, und sein Gesicht und sein Körper drücken diese automatisch aus. Auch wir könnten so kommunizieren. Du hast sicher schon anderen eine Frage gestellt und hast die Antwort schon in deren Gesicht gesehen, bevor sie geantwortet haben."

Er schaute Morafey ins Gesicht. „Siehst Du, ich sehe, Du weißt, wovon ich spreche", fügte er hinzu.

„Wie anstrengend", behauptete Morafey nach einem Augenblick des weiteren Beobachtens.

„Wahrscheinlich halten sie unsere Kommunikation für anstrengender. Warum sprechen und Gesten machen, wenn das Gesicht und der Körper bereits alles sagen?", erläuterte Naga seine Gedanken. „Gerade wir Jäger sollten unsere Wahrnehmung so weit sensibilisieren, dass wir das auch können. Aber mir gefällt die Idee, dass *alle* Menschen so ihre Kommunikationsfähigkeit wesentlich verbessern könnten."

„Dann sprichst Du demnächst also gar nicht mehr", warf Morafey ihm vor.

Er lächelte unwillkürlich.

„Ihre Höhlen jedenfalls sind nicht nur praktisch, sondern auch schön", wechselte Morafey das Thema. „All diese Verzierungen und Kunstwerke überall lassen eine angenehme Atmosphäre entstehen."

Die Chiya kehrten zu ihnen zurück und gaben ihnen mit Handzeichen und einem freundlichen Lächeln zu verstehen, dass sie ihren Weg nun fortsetzten.

Uthoto, einer der anderen männlichen Chiya hatte Morafeys Aussage gehört und antwortete darauf: „Höhlen sind wie Gedächtnissteine. Kunstwerke erzählen Chiya Wissen, Fähigkeiten, Zusammenhang."

Die Jäger staunten und blickten sich mit dieser neuen Erkenntnis noch einmal genauer um.

„Noch etwas, was wir vielleicht von den Chiya lernen können", gab Naga beeindruckt von sich und entlockte Uthoto damit ein geheimnisvolles, breites Grinsen.

Mit der Zeit ließen sie die Hallen hinter sich. Die Gänge enthielten keine Kunstwerke mehr, die Wände wirkten weniger gepflegt und wuchsen in den Gang hinein. Immer öfter stießen sie auf natürliche Barrieren: Mal mussten sie einen Weg zwischen dickeren, starken Ranken hindurch finden, dann einen verborgen Weg durch die Wand und schließlich schien es gar nicht mehr weiterzugehen. Doch Yoma stellte sich mit dem Rücken zu den Jägern an die Wand und machte dort etwas, was sie nicht sehen konnten und was die Ranken und Pflanzen dazu bewegte, sich zur Seite zu bewegen.

Es war nicht einfach eine Wand, die sich zu den Seiten öffnete. Vor ihnen lag mehrere Schritte lang nichts weiter als ein undurchdringlich dichtes Geflecht aus Ranken und Pflanzenfasern, doch nun gingen sie nach und nach auseinander und erschufen so einen Tunnel, den es eben noch nicht gegeben hatte. Die Jäger aus Geroda waren ein weiteres Mal vollkommen verblüfft.

„Speichern die Pflanzen hier so viel Wärme?", fragte Morafey, während sie sich durch den Tunnel bewegten, der langsam kleiner und enger wurde.

„Feuer unter Erde", sagte Yoma nur. „Hier Totes Land", erklärte er, als der Tunnel endete. Sie standen vor einer großen runden Tür aus Metall, die in Gestein gearbeitet worden war.

„Die Tür hat keinen Mechanismus zum Öffnen", erklärte Naga nach kurzer Betrachtung. „Wir hätten wohl doch oben lang gehen müssen."

Yoma bedeutete ihm, abzuwarten. Er legte die Hände an die Tür und legte seine Stirn dagegen. Naga und Morafey schauten sich unschlüssig an. Nach ein paar Augenblicken nahm der Chiya die Stirn von der Tür. Dann positionierte er seine Hände neu. Es sah so aus, als ob er ganz langsam und konzentriert ein unsichtbares Rad drehen würde, das an der Tür befestigt war. Wieder schauten Naga und Morafey einander mit großen, ungläubigen Augen an. Aber ruckartig schauten sie wieder zu Yoma, als leise Geräusche hörbar wurden.

Yoma atmete hörbar aus und entspannte sich. Wieder positionierte er seine Hände neu an der Tür. Es wirkte, als ob er an der Tür ziehen würde, obwohl er nur seine flachen Hände dagegen hielt. Und schließlich ging die Tür mit einem leisen Knarren und Quietschen langsam auf! Auf der anderen Seite der Tür wurde ein Rad sichtbar, das offensichtlich dazu diente, die Tür zu öffnen und zu verschließen.

„Wie hast Du das gemacht?", fragten die beiden Jäger gleichzeitig leise und ehrfürchtig.

Yoma wandte sich den beiden langsam zu und legte sich beide Hände auf den Bauch. Dann schaute er sie wissend an. Es wirkte, als solle dies

120

die Antwort auf die Frage sein. „Chi... ya!", sagte Yoma schließlich.

Es war, als ob er erwartete, dass Naga und Morafey nun verstanden. Er sah, dass sie es nicht taten und lächelte liebevoll, wie Eltern über das Unwissen ihrer noch kleinen Kinder lächeln würden. Er ging langsam auf sie zu und nahm eine Hand von Naga und eine Hand von Morafey.

„Ruhe, Frieden, Glück", sagte Yoma. Mit jedem Wort drückte er leicht ihre Hände. Sie spürten, dass er damit nicht etwas erklären, sondern demonstrieren wollte.

„Die Worte...", fing Naga an, erklären zu wollen.

„Nein", unterbrach Yoma ihn sanft. „Gedanken", korrigierte er.

„Die Gedanken an Ruhe und Frieden lösen auch Ruhe und Frieden in uns aus", versuchte sich Morafey.

Yoma nickte. Seine Bewegungen schienen immer langsamer und sanfter zu werden. Beide Jäger fühlten eine zunehmende Wärme, die von seinen Händen ausging und geradezu in sie eindrang wie eine noch nie gefühlte Energie.

„Klarheit, Wachheit, Liebe", sagte Yoma sowohl mit der Stimme wie auch mit den Händen ganz leise und sanft, und doch waren die Worte für die beiden Menschen so eindringlich. Sie fühlten sich auf einmal klar und wach. Die Wärme erreichte ihre Herzen. Sie wanderte tiefer in ihre Körper und schien dort Energien anzuregen und freizusetzen. Sie fühlten sich leichter und freier, fast wie in einem Traum.

„Nicht tun – tun lassen", hörten die zwei die Stimme Yomas, doch sie hatten das Gefühl, dass er die Worte nicht sagte, sondern nur dachte, und sie würden sie trotzdem hören. Sie konnten nicht sagen, ob der Chiya bei diesen Worten ebenfalls ihre Hände gedrückt hatte. Sie hatten es nicht gespürt.

„Kraft" – das war ihre eigene Stimme in ihrem eigenen Geist. Vielleicht war es auch mehr ein Gedanke als ein Wort. Vielleicht war der Gedanke auch mehr „Quelle" oder „Ursprung". In diesem Augenblick waren sie zu keinem Urteil darüber fähig, so klar sie sich auch fühlten.

Ihre Wahrnehmung lag ganz in ihrem Inneren. Nur ganz langsam und allmählich kamen ihre Gedanken zurück ins Hier und Jetzt. Die Gefühle von Kraft, Klarheit und Wärme waren noch immer da, obwohl sie nun bemerkten, dass Yoma sie nicht mehr festhielt, sondern lächelnd vor ihnen stand. Für einen Augenblick meinten sie beide, er wäre von einem Ring aus Licht umgeben.

Yoma griff in Richtung Tür in die Luft und schien an etwas Unsichtbarem zu drehen. Im Raum hinter der Tür ging eine Lichtkugel an. „Ihr müsst nun alleine weiter", sagte er. „Wir werden Euch nicht begleiten, außer mit den Nebeln. Wenn Ihr soweit seid, werden wir uns wiedersehen."

Sie verabschiedeten sich alle voneinander, lange und herzlich, wie gute, alte Freunde.

Auf der anderen Seite der Tür brauchten Naga und Morafey nicht wenig Kraft um die Tür zu schließen. Sie mussten auch beide gemeinsam am Rad drehen, um die Tür wieder zu schließen.

Dann schaute Morafey ihren Freund plötzlich überrascht an. „Er hat gesprochen wie wir!", rief sie aus. Naga lachte.

Sie holten ihre eigenen Lichtkugeln hervor und drangen in dunkle Gänge hervor. Es roch nach alter, warmer Luft. Ihre Schritte hallten durch den Gang. Ein fernes Geräusch ständigen Schleifens war zu hören.

Ein leiser, weit entfernter Donnerschlag war zu hören. Sie nahmen eine Schwingung in der Luft wahr. Sie war so gering, dass sie das Gefühl fast für Einbildung hielten. Sie gingen automatisch ein wenig schneller. Ein zweiter leiser Donnerschlag durchdrang sie, und ein weiteres Mal beschleunigten sie ihren Gang in düsterer Vorahnung. Schließlich war ein dritter Donnerschlag zu hören, dem ein anderes Geräusch folgte. Etwas schien ganz in der Nähe von einer höheren Ebene durch einen Schacht in diese Etage zu poltern. Sie rannten los.

*

[Plog: Krani, Geroda]

Ich glaube, sie kommen zurück. Wir sind hier gefangen! Wir gehen tiefer in die Höhle rein.

*

Am Ende eines endlos langen Ganges betrat Ion einen großen, hohen und runden Raum voller Maschinerie und Geschäftigkeit. Alles hier bewegte sich, und alles machte Lärm. Mehrere helle Lichtkugeln hingen von der Decke und beleuchteten eine sich geisterhaft bewegende Szenerie. Der Geruch von Metall hing in der warmen und abgestandenen Luft, und Ion hatte den Eindruck, es ebenso auf der Zunge zu schmecken.

Eine riesige Säule aus Maschinenteilen, mechanischen Armen und Werkzeugen ging vom Boden bis zur Decke und schien auch über der Decke und unter dem Boden weiterzugehen. Teile davon drehten sich in die eine Richtung, andere Teile drehten sich in die andere, der Rest rührte sich nicht. Dann, unregelmäßig und scheinbar unvorhersehbar tauschten sie die Rollen.

Die aus der Säule ragenden Arme mit mehreren Gelenken und bestückt mit den verschiedensten Werkzeugen fuhren aus und ein, arbeiteten auf verschiedenen Werkbänken, bauten an einer Stelle grobe mechanische Teile zusammen, an anderer Stelle feine Elektronik. Nach mehreren Arbeitsschritten bewegten sich auch die Werkbänke, drehten sich und bewegten sich weiter, bis sie wieder darauf warteten, dass weitere Arbeiten auf ihnen verrichtet waren. Sie waren in Gruppen von Werkbänken unterteilt, von denen jede ihren eigenen Rhythmus und ihr eigenes Bewegungsschema hatte. Der Raum war voll mit sich nach festem Muster bewegenden Werkbänken, der Boden war praktisch gar nicht zu sehen.

Dann hielt alles für einen Augenblick inne. Die Arme, die weiter oben an der Säule befestigt waren, klappten zusammen und fügten sich in die

Struktur der Säule ein. Dann fuhr die gesamte, schwere Konstruktion ein paar Schritte in die Decke und ein vorher im Boden liegender Bereich der Säule kam zum Vorschein. Andere Arme mit anderen Werkzeugen fuhren heraus und machten ihre Arbeitsschritte. Währenddessen fuhren links und rechts Werkbänke aus dem Raum heraus und wurden durch neue ersetzt. Arbeit und Lärm setzten sich fort.

Ion kniff die Augen zusammen. Auf manchen der Werkbänke erkannte er elektronische Arme und Beine. Der Richter verzog das Gesicht. Eine üble Vorahnung beschlich ihn. Er nahm einen tiefen Atemzug und schaute sich weiter um.

Ein Steg führte an der Wand entlang nach links und rechts zu den anderen beiden Ausgängen des Raumes. Auf der gegenüberliegenden Seite war das große Fenster eines Kontrollraumes zu erkennen. Ion entschied sich für den linken Ausgang. Auf dem Weg dorthin beobachtete er die Maschinerie ununterbrochen. Er hatte das Gefühl, von all den vielen Kameras, die an all den Armen montiert waren um die Arbeit zu verrichten, beobachtet zu werden. Schließlich erreichte er den Ausgang, der einen Gang offenbarte, der nicht so hoch und so breit war wie der Gang, durch den er hierher gekommen war. Er ging geradeaus weiter und zweigte ebenso nach rechts ab, in die Richtung des Kontrollraumes. Diesem folge Ion zu einer Tür.

Hinter der Tür befand sich ein Raum voller Verteilungskästen und Schaltapparaturen. Die Wände waren überfüllt mit Steuerungselektronik. Verblendungen fehlten, alles lag offen und sah eher wie

ein wildes Experiment aus als nach zuverlässiger
und sicherer Technik.

*

[Plog: Tessi, Feuertal]

Leute, lest Ihr das Plog von Krani? Wir sind auf dem Weg, ihnen zu helfen. Wir sind zu dritt und mit einem A-Roll unterwegs, aber wenn es sich wirklich um Vila handelt – und wir wissen ja auch nicht, wie viele es sind –, dann könnten wir bestimmt mehr Unterstützung gebrauchen!

Ganz ehrlich, dieses Plog-System ist ja schon eine tolle Sache, aber gibt es nichts, was auch alle lesen? Wir sind nur zufällig durch Herumstöbern auf Kranis Plog getroffen. Es müsste doch sowas wie einen Notfall-Kanal geben!

Hoffentlich kommen wir nicht zu spät! Wünscht uns allen viel Glück!

*

Ion betrat einen düsteren, runden Raum. Verwüstung hatte hier stattgefunden. Zerstörte Monitore hingen von der Decke, Konsolen und Verblendungen lagen zerschlagen über den Boden verteilt. Abgerissene Schläuche und Kabel füllten die Ecken. Lediglich die Lichtkugel, die in der Mitte des Raumes von der Decke hing, strahlte ein mattes, fahles Licht aus.

Schwere Türen führten in alle vier Richtungen. Sie wirkten, als ob sie bewusst schwer und solide konstruiert worden waren, Räder zum Drehen fungierten als Mechanismen zum Öffnen und Schließen.

Die Tür auf der gegenüberliegenden Seite ging auf und eine Gestalt betrat den Raum, so schwarz wie der giftige Sumpf, welcher die gesamte Anlage umgab. Im ersten Moment befürchtete Ion, es wäre ein Vila. Nicht nur die hölzernen Bewegungen der Gestalt erinnerten an diese gefährliche Kreatur, sie schien tatsächlich und wortwörtlich einen Vila am Leib zu tragen! Sie hatte wohl eines dieser Wesen getötet und Teile davon zu ihrer Rüstung gemacht, die im fahlen Licht matt glänzten. Mehrere Riemen und Nieten hielten die Rüstung zusammen.

Der Kopf wurde von einer Maske verdeckt. Nicht einmal die Augen waren zu sehen; sie wurden verdeckt von mehreren kleinen Kameras, die anscheinend je nach Bedarf ihre Positionen wechseln konnten, um dem Betrachter verschiedene Bilder und Informationen zu liefern.

Ions Nackenhaare stellten sich auf, während er die Gestalt betrachtete, die ihrerseits damit begann, ihn langsam und vorsichtig zu umkreisen. Kein Wort wurde gesagt. Die Spannung stieg. Der Augenblick schien sich zu einer Ewigkeit zu dehnen, die Zeit verwandelte sich scheinbar in eine zähflüssige Substanz. Um die Gestalt nicht aus den Augen zu verlieren, musste der Richter sich drehen. Schmutz knirschte unter seinen Schuhen. Die Gestalt bewegte sich vollkommen lautlos, die vormals hölzernen Bewegungen waren einer Eleganz gewichen, die noch gefährlicher wirkte.

Ion öffnete den Mund, um etwas zu sagen. Eine kurze, plötzliche Bewegung der schwarzen Gestalt, ein angedeuteter Angriff ließ ihn ruckartig eine Kampfposition einnehmen. Es wirkte, als ob die ganze aufgestaute Zeit nun schlagartig explodierte.

Die Gestalt schien zu lachen. Kein Ton ging von ihr aus, sie machte nur die entsprechenden Bewegungen. Schließlich setzte sie ihre Umrundung wieder fort. Als Ion ein weiteres Mal etwas sagen wollte, machte sie erneut eine schnelle Bewegung. Wieder ging der Richter reflexartig in eine Kampfhaltung, bevor er realisierte, dass es nicht einmal ein vorgetäuschter Angriff gewesen war, auf den er reagiert hatte. Es hatte mehr ausgesehen wie ein verrückter Tanzschritt. Ein weiteres Mal schien die Gestalt sich zu amüsieren.

Plötzlich wusste Ion, wen er vor sich hatte. Diese Spielchen kannte er nur von einem Menschen auf dem Planeten.

„Du lebst also noch", sagte er.

„Willkommen in meinem trauten Heim", sagte eine Stimme, „schön, dass Du mich mal besuchen kommst."

Sie kam jedoch nicht von der Gestalt vor ihm, sie schien überall um ihn herum zu sein. Ion war davon etwas abgelenkt, vermutete jedoch, dass die Stimme eigentlich von Zent kam und dieser einen Trick benutzte, sich überall im Raum hörbar zu machen.

*

[Plog: Tessi, Feuertal]

Wir sind bei den Koordinaten angekommen. Wir sehen den See, aber von den Vila keine Spur. Wir haben eine Fee und einen Helm mit Bildübertragung bei uns. Wir werden jetzt die Fee in die Höhle steuern und nachschauen, was sich dort befindet.

*

Kapitel 6: Zerstörung

„Ich mache Dir das beste Angebot deines Lebens, Ion", sagte die Stimme. „Du bist schlau. Ich kann Dich gut gebrauchen. Im Gegenzug dafür, dass Du für mich arbeitest, erhältst Du von mir alles, was Du Dir nur wünschen kannst!"

Die Gesten, welche die Gestalt zu den Worten machte, wirkten wie ein Geistertanz auf den Richter.

Die Stimme fing an, zu säuseln: „Es gibt Dinge, die sind so schön, dass Du sie dir nicht vorstellen kannst! Fantastische Gefühle, die Du noch nie erlebt hast – von denen Du noch nie auch nur geträumt hast! Stell Dir vor, Dir kann die Welt gehören und Du bist immer glücklich! Wie hört sich das für Dich an?"

„Wahnsinnig", antwortete Ion trocken und versuchte, unauffällig eine Position einzunehmen, aus welcher heraus er einen schnellen Angriff starten könnte. Die Wut, die er seit dem Anblick der gefangenen und der toten Horngiganten angesammelt hatte, zog jetzt nochmal intensiver durch seine Adern.

Wieder bewegte sich die Gestalt, als lachte sie, ohne ein Geräusch von sich zu geben.

„Es gibt nur das Leben und was Du daraus machst", sagte die Stimme, „und was Du für Dich selbst dabei herausholst. Fressen und gefressen werden. Es gibt kein Richtig und kein Falsch, Richter.“

„Falsch“, entgegnete Ion mit zitternder Stimme.

„Du wirst schon sehen“, drohte die Stimme an. „Einmal hattest Du Glück, mich unvorbereitet zu verletzen. Glaubst Du, das könnte Dir wieder gelingen? Ich bin Dir so weit überlegen, kleiner Richter. Willst Du Dich wirklich mit mir anlegen?“

„Und wenn es das letzte ist, was ich tu“, bestätigte Ion mit zusammengebissenen Zähnen.

„Das wird es auch sein“, kündigte die Stimme an.

Gefährlich aussehende scharfe, schwarze Klingen schoben sich langsam unter den Armschienen der schwarzen Gestalt hervor, während sie sich in eine exotische Kampfposition begab.

Ion griff an und ärgerte sich sofort selbst über seinen ersten Schlag, der nicht nur viel zu langsam, sondern auch absolut vorhersehbar gewesen war. Er war sich bewusst, dass er ausschließlich aus Wut heraus kämpfte – nicht aus der Hoffnung heraus, diesen Kampf auch zu überleben. Zent überkreuzte beide Arme und wehrte damit Ions Zepter mühelos ab.

Genau in diesem Moment ging ein lauter Donnerschlag durch den Raum und erschütterte die Einrichtung. Ion spürte es wie eine Welle, die durch seinen Körper lief. Es war fast, als hätte sein Schlag diesen Effekt ausgelöst.

In diesem Augenblick dachte er jedoch nicht darüber nach, was es gewesen sein konnte, das diesen Donnerschlag ausgelöst hatte. Er wollte sich gerade zusammenreißen und sich voll auf den Kampf konzentrieren, was vielleicht die letzte Handlung seines Lebens werden würde. Da wollte er sich nicht ablenken lassen. Er schlug erneut zu, ein schneller Stoß mit der energetisch geladenen Seite des Zepters – und traf!

Zent hatte sich offenbar sehr wohl ablenken lassen und war zu langsam, um den Schlag abzuwehren. Die energetische Ladung des Zepters traf ihn und stieß ihn gegen die Wand. Seine Rüstung schien die lähmende Wirkung des Schlages größtenteils absorbiert zu haben, der Mann in der Vila-Rüstung hatte den Zusammenprall mit der Wand mit den Armen abfangen können. Die Art und Weise wie er sich langsam wieder aufrichtete und dabei den Kopf gesenkt hielt zeigte Ion, dass ihn diese Situation innerlich ganz extrem beschäftigte.

Er lächelte. Er wusste, jetzt war Zent richtig wütend. Aber das war er auch. Zent war jetzt sicher auch richtig schnell. Das war er nicht.

„Zweiter Schlag, zweiter Treffer", sagte Ion in einem gespielt unschuldigen Ton. Damit wollte er darauf anspielen, dass der erste Schlag derjenige gewesen war, mit dem er Zent seinerzeit in der Höhle des Wasserfalls auf der Insel Tekion überraschend niedergeschlagen hatte, was eine ziemlich demütigende Erfahrung für seinen Gegner gewesen war. Er wusste, dass Zent jetzt vor Wut sofort angreifen würde und er vermutlich nicht schnell genug würde reagieren können. Also war sein Plan, einfach schon mal zuzuschlagen. Er drehte sich einmal um die eigene Achse und schwang das Zepter dabei mit aller Kraft durch die Luft.

Zent sprang los, ohne Rücksicht auf Verluste. Und so sprang er mitten in Ions Schlag hinein. Das Zepter traf ihn mit voller Wucht und riss ihn von den Füßen, genau in dem Moment, in dem ein weiterer Donnerschlag durch den Raum hallte und die Einrichtung wieder zum Erzittern brachte.

Für Ion fühlte es sich einfach gut und richtig an, dass der Donnerschlag genau mit seinem Schlag eintraf. Und plötzlich übernahm seine Wut. Und er ließ es geschehen.

Vor seinen Augen färbte sich alles rot. Während Zent noch die Luft durchquerte um die Wand zu treffen, drehte Ion sich ein weiteres Mal und holte erneut mit aller Kraft zu einem Schwinger aus. Wieder landete er einen harten Treffer. Und dann flog das Zepter nur noch hin und her, rotierte in seinen Händen, traf mit der Vorder- und der Hinterseite, blitzte umher und landete einen Schlag nach dem anderen. Ion prügelte Zent in Raserei durch den Raum wie nach einem abgesprochenen Drehbuch. Die Vila-Rüstung bekam Sprünge und Schrammen. Sein letzter gewaltiger Schlag beförderte Zent schließlich kurzerhand durch einen Durchgang aus dem Raum hinaus in den dahinter liegenden Gang.

Ein Donnerschlag erschütterte den Raum. Die Zeit schien still zu stehen. Irgend etwas flog schneller an Ions Kopf vorbei, als sein Auge es erfassen konnte, aber sein Verstand behauptete, etwas wie eine blaue Lichtkugel gesehen zu haben. Er spürte neben der gewaltigen Vibration im Raum auch, wie die Luft ihm fast das Gesicht zerschnitt.

Dann gab es eine Explosion in dem Gang, in dem Zent gerade verschwunden war.

Für einen Augenblick war Ion zu perplex, um sich zu rühren. Er wusste nicht, ob er erst nach links schauen sollte, wo Zent sich befinden musste, oder nach rechts, die Richtung aus welcher der Donnerschlag gekommen war.

Schließlich wagte er zuerst einen Blick nach rechts. In dem Raum dahinter stand ein kleiner, stämmiger Mann mit langen braunen Haaren, einem Vollbart und einer großen Kanone auf der Schulter. Sein rotes Gesicht verwandelte sich ganz langsam von energischer Entschlossenheit in eine blasse Miene blanken Entsetzens, während er durch Ion einfach hindurch zu schauen schien. Neben ihm stand eine kleine, zierliche Frau in einem roten Kampfanzug. Ihre Haare standen aufrecht nach oben, wie die Haare von Samush.

„Oh, Meister", quietschte der Mann gequält. Die Kanone sank ganz langsam runter, dann ließ er sie einfach fallen. „Das wollte ich nicht", schrie er, während er sich umdrehte und davon stürmte. Die Frau schaute noch einen Augenblick unsicher zu Ion rüber, dann folgte sie dem Mann.

Ion ließ sie einfach laufen. Er drehte sich um. Ein großes Loch war in die Wand des Ganges gerissen worden, der sich hinter dem Durchgang befand. Schutt war in den Raum gesplittert und dichter Staub hing in der Luft.

Langsam und ungläubig ging Ion auf das Loch zu. Eine gefühlte Ewigkeit verging, bis er den Durchgang erreichte. Vorsichtig schaute er erst nach links, dann nach rechts. Er fand keine Spur von Zent.

Seufzend sank er nieder. Er schüttelte den Kopf und stützte sich auf sein Zepter, während er niedersank, die Augen schloss und leise vor sich hin flüsterte.

Langsam und vorsichtig näherten sich ihm Schritte von hinten. Er riskierte sein Leben, aber für den Augenblick war es ihm egal, er rührte sich nicht.

„Ion“, sagte eine vertraute Stimme hinter ihm, die gleichermaßen überrascht wie erleichtert klang.

„Samush“, sagte er.

Dann rappelte er sich mühsam wieder auf. Langsam drehte er sich zu dem Richter aus Feuertal um und lächelte ihn müde an.

„So sieht man sich wieder, das Schicksal wollte es wohl so“, entfuhr es Ion in einer Mischung aus verzweifeltem Humor, der Überraschung noch am Leben zu sein und der Ungläubigkeit, dass Zent ihm nach diesem vernichtenden Kampf dennoch entkommen war.

„Hast Du auch die anderen mitgebracht?“, fragte er.

„Karom“, sagte Samush zögerlich und zeigte vage hinter sich. Es klang, als wollte er mehr sagen.

„Schön", sagte Ion und zog fragend die Augenbrauen hoch.

„Er – er hat mir das Leben gerettet", ergänzte
Samush. Wieder zeigte er dabei vage hinter sich
und schien, noch nicht alles gesagt zu haben.

„Gut", kommentierte Ion und wartete geduldig
auf den Rest.

„Er hat dafür mit seinem bezahlt", schloss Samush schließlich verzweifelt.

„Oh", sagte Ion und brachte einen Augenblick
lang kein weiteres Wort raus. Äußerlich war er
noch so irritiert, dass er kaum eine Gefühlsregung
zeigen konnte. Innerlich wunderte er sich ein wenig, in den Augen von Samush Tränen zu sehen,
die kurz davor waren zu fließen.

Eigentlich war ihm das Recht. Er war der Meinung, dass Samush sich seit ihrer ersten Begegnung arrogant, ignorant und überheblich benommen hatte. Er hegte keine großen Sympathien für
ihn. Nun wollte er ihm auch noch am liebsten vor-
werfen, dass er sicher allein daran schuld hatte,
dass Karom tot war. Doch dann gab ihm sein Herz
einen Stoß, einen ziemlich starken sogar.

„Er ist nicht tot", sagte Ion, mehr zu sich selbst
als zu Samush, der wohl auch eher Vorwürfe zu
hören erwartet hatte und ihn mit großen, hilflosen
Augen ansah.

„Droiden sind Maschinen", führte Ion aus, „es
mag hart klingen, weil sie so menschlich und lebendig wirken. Aber lass es vorerst ein Trost sein,
dass wir einfach einen neuen bauen können."

Samush sah aus, als wollte er protestieren. Aber dann musst er weinen. Ion legte ihm eine Hand auf die Schulter und nickte traurig.

*

[Plog: Tessi, Feuertal]

Oh nein! Es sind vier! Es scheinen wirklich Vila zu sein! Genau so habe ich mir sie vorgestellt. Die anderen sind nirgendwo zu sehen! Bitte helft uns doch!

*

Karom bewegte sich zügig und geschickt auf den Händen fort. Nachdem ihm gerade eine große Kanone beide Beine abgeschossen hatte, blieb ihm auch keine andere Bewegungsmöglichkeit übrig. Zuvor hatte er immerhin den Richter Samush davor bewahrt, ein solches Schicksal erleiden zu müssen.

Er hatte die Anlage betreten und nach den Menschen durchsucht, mit denen er zusammenarbeitete. Nach kurzer Zeit hatte er Samush gefunden und bemerkte weiterhin einen ihm unbekannten Menschen, der gerade dabei war, eine große Kanone zu schultern und auf Samush zu richten.

Er hatte ihn erfolgreich aus der Schussbahn befördern können, aber der zweite Schuss traf dafür ihn. Die Explosion sprengte ihm nicht nur die Beine vom Rumpf, sondern katapultierte auch den Rest von ihm in einen Schacht, der tief hinab führte.

Der Droide landete verschrammt auf einem Berg von beschädigter Elektronik, abgenutztem Werkzeug, beschädigten Verblendungen und anderen so nicht mehr brauchbaren Elementen. Verschiedene Schachte führten von oben in diesen Raum hinein. Eine Tür führte aus dem Raum heraus.

Karom entdeckte hinter der Tür eine Ebene, die wohl schon seit langer Zeit nicht mehr genutzt wurde. Es gab hier unten kein aktives Licht. Karom aktivierte zwei kleine Lichtstrahler, die sich versteckt neben seinen Augen befanden. Die Gänge und Räume waren sehr dreckig und staubig, verschiedene kleine Lebewesen hatten es sich hier heimisch gemacht und krochen aufgeschreckt umher.

Die Technik der höheren Etagen entsprach schon nicht dem letzten neusten Standard von Tekion, die Elektronik hier unten jedoch schien mit Tekion wirklich gar nichts gemeinsam zu haben. Dicke Kabel und Drähte waren provisorisch über die Wände gezogen worden, elektronische Bauteile waren teilweise einfach dazwischen gesetzt worden.

Karom bewegte sich an einem offenen kleinen Raum vorbei und warf einen Blick hinein. Der halbe Raum war ausgefüllt mit Elektronik, die auf sehr einfache und unsichere Art und Weise miteinander verbunden worden war. Ein Schaltpult und ein Bildschirm bildeten das Herz des Ganzen. Der Droide
analysierte den Inhalt des Raumes einen Augenblick lang. „Ein Terminal", schlussfolgerte er.

Karom blickte in den gegenüberliegenden Raum hinein, in dem sich ein Sitz befand. Ein menschliches Skelett lag darin, umgeben von Elektronik. Unter der einen Hand lag ein Schaltpult, die andere schien in einer Art elektronischem Handschuh zu stecken. Über seinem Schädel war eine Schüssel aus Metall angebracht, in welcher ein Netz von Kabelenden steckte. „Dieses Interface ist wohl speziell für Menschen gemacht worden", analysierte der elektronische Jäger.

Er bewegte sich zurück in den Terminal-Raum. Mit Hilfe einer Kiste brachte er seinen Körper auf eine Höhe, aus welcher er das Schaltpult bedienen konnte. Die Kiste war mittlerweile bewohnt, doch das störte ihn nicht weiter.

Die Bedienung des Schaltpultes erbrachte jedoch kein Ergebnis; Der Terminal schien nicht mehr zu funktionieren. Karom drehte seinen linken Arm herum. Eine kleine Klappe öffnete sich und offenbarte einen Akku, der nun durch einen Mechanismus vorsichtig aus seinem Fach gehoben wurde. „Dann basteln wir mal ein wenig", sagte Karom.

*

[Plog: Tessi, Feuertal]

Oh, den Feen sei Dank! Mit Hilfe unserer Fee konnten wir die Vila aus ihrer Höhle vertreiben und die anderen aufspüren. Sie sind wohlauf! Ich bin so froh!

Jetzt müssen wir aber ganz schnell weg hier, denn die Kreaturen laufen jetzt aufgebracht in der Gegend rum!

*

Bero und Manjaro fanden eine Krankenstation, zumindest eine Tür, die mit dem entsprechenden Symbol gekennzeichnet war. Sie hatten die Tür fast erreicht, als sie sich öffnete und ein Reptilion hinausmarschierte.

Es war unzweifelhaft ein Reptilion, obwohl er wesentlich größer und muskulöser war als jeder andere Reptilion, den sie je gesehen hatten. Zudem war er schwarz, seine Haut schien dicker und zäher zu sein als die Haut seiner Artgenossen, und er besaß selbst für seine Größe unverhältnismäßig große Zähne und Klauen. Nur seine Augen waren kleiner. Neben diesen waren kleine elektronische Geräte an seinem Kopf befestigt.

Im ersten Augenblick sah er einfach durch die beiden hindurch. Dann schalteten die kleinen grünen Lichter an seinen elektrischen Geräten um auf Rot. Bero und Manjaro machten beide einen großen Satz zurück, als der Saurier aufschrie.

„Ich übernehme das", rief Manjaro und lief los, bevor Bero reagieren konnte. Der Jäger zog blitzschnell zwei Messer aus der Kleidung und sprang den schwarzen Reptilion an.

Die aufgebrachte Kreatur schnappte Manjaro aus der Luft und schleuderte ihn einfach gegen die Wand. Bero schrie nun seinerseits auf. Zwei Stühle standen in seiner Nähe. Er packte sich einen und warf ihn nach dem Saurier. Auch diesen fing der Reptilion mit dem Maul auf und zerbiss ihn. Bero warf ihm den zweiten Stuhl entgegen. Wieder schnappte der Saurier sich den Stuhl aus der Luft. Er schüttelte den Kopf hin und her; ein Reflex, um seine Beute in der Luft zu zerreißen und zu töten. Dann zerbiss er auch diesen Stuhl.

Manjaro hatte sich wieder aufgerappelt und griff den Saurier erneut an. Er sprang auf ihn und stieß ihm die beiden Messer in den Rücken. Der Reptilion schrie auf. Er rammte Manjaro gegen die Wand. Dieser ließ nicht los und so schlug die Kreatur ihn ein weiteres Mal gegen die Wand. Schließlich fiel der Jäger zu Boden. Als er wieder aufstehen wollte, schlug der Saurier ihn mit seinem Schwanz ein drittes Mal gegen die Wand.

Bero nutzte die kurze Ablenkung des wilden Sauriers, um sich ihm zu nähern und dabei seine Säbel zu ziehen. Mit den Knäufen beider Waffen schlug er nun gezielt nach den elektronischen Geräten am Kopf der Kreatur. Er traf nicht, und die Schläge gegen den Kopf machten den Reptilion nur noch wilder. Er rammte Bero mit dem Kopf und rannte ihn dann einfach über den Haufen. Dann drehte er um und setzte zu einem neuen Angriff an.

Plötzlich schalteten die Lichter seiner elektronischen Geräte von Rot auf Gelb. Der Saurier gab einen unterdrückten Schrei von sich, als hätte er einen Augenblick lang Schmerzen. Dann wandte er sich ab und marschierte davon.

Bero blickte ihm fassungslos nach. Ohne zu schauen fasste er sich an den Bauch und spürte Blut. Der Reptilion hatte ihn beim Überrennen seine Krallen in den Bauch getreten. Dann fasste er sich wieder, nutzte er die Gelegenheit und ergriff den am Boden liegenden Manjaro. „Mir geht es gut", flüsterte der, „mir geht es richtig gut."

So schleppten sie sich in die Krankenstation.

*

Vielen Dank! Tessi, Vaya und Rinori, ihr seid unsere Retter und wir stehen für immer in Eurer Schuld! Wir haben nicht geglaubt, unsere Liebsten noch einmal wiederzusehen...

Inaja, Gumo und Krani

*

Ion und Samush durchsuchten die Anlage. Die Suche nach ihren Freunden und nach ihren Feinden führte sie eine Etage tiefer. Hier betraten sie eine weitere große Halle, in deren Mitte eine Säule aus Mechanik stand, sich gelegentlich drehte, sich hinauf oder hinunter schob.

An den Rändern der Halle standen Kisten und Regale mit Werkzeugen und Bauteilen, elektronische Konstruktionen, die an Terminals erinnerten, zerstörte Gnome und Feen. In jede Richtung führte ein Ausgang.

„Hier drüber befindet sich die Konstruktionshalle mit dem oberen Teil der Säule", sagte Ion. „Die Säule ist dort bestückt mit Werkzeugen und Kameras und baut dort gleichzeitig verschiedene Geräte zusammen."

Samush verzog das Gesicht. „Wir sollten hier alles auseinander nehmen", schlug er vor. „Wenn uns jemand daran hindern will, muss er zu uns kommen. Dann müssen wir nicht so lange suchen."

„Einverstanden", entgegnete Ion. Er wandte sich dem nächsten Terminal zu. „Vielleicht kann man die Säule hier anhalten oder steuern."

Samush schüttelte den Kopf. Er blickte sich um und sah eine Maschine an der Wand stehen; ein großer mechanischer Arm mit verschiedenen Werkzeugen. Ein kleines Steuerpult ermöglichte es, die Maschine hin und her zu fahren, den Arm zu bewegen und die verschiedenen Werkzeuge zu aktivieren. Er probierte sämtliche Schalter, Hebel und Räder aus, bis er die Maschine schließlich zum Laufen brachte. Er schaffte es, sie bis an die Säule zu fahren. Dann fuhr er eine riesige Zange aus und ließ sie in die Säule kneifen. Dann suchte er schnell das Weite und lief zu Ion.

Es knirschte und krachte laut, als die Säule sich wieder drehen wollte und die Maschine dabei mitbewegte. Eine Drehung zurück machte noch einmal genau so viel Lärm. Leitungen und Bauteile der Säule wurden dabei zerrissen und zerstört, Blitze zuckten an den defekten Stellen. Die Säule bewegte sich nach unten, bis die riesige Zange, die sich immer noch in der Säule verklemmt hatte, auf dem Boden aufschlug. Schließlich löste sich die Zange von der Säule, nicht ohne nochmal einen Teil von ihr herauszureißen.

„Schon nicht schlecht für den Anfang", rief Ion durch den Lärm und beobachtete, wie die Säule weiter nach unten sank und dabei stockte und ruckelte. Die ersten Werkzeuge und Kameras der Säule fuhren aus der Decke in die Halle, die vorher in der Etage darüber gearbeitet hatten.

Mit einem Mal gingen einige Lichtkugeln aus und rote Lampen leuchteten stattdessen auf.

„Ja, das war schon mal ganz erfolgreich", bestätigte Samush mit einem bösen Lächeln und beobachtete, wie die Säule so weit herunter fuhr, dass sie sich eine komplette Etage abwärts bewegt hatte. Werkzeuge und Kameras klappten aus.

„Hier gibt es nichts für Euch zu tun", sagte Samush zu ihnen.

Aus dem obersten Teil der Säule schien sich ein zusammenhängender Haufen von Werkzeugen und Kameras zu lösen und sich von der Säule abzutrennen. Andere Teile der Säule schienen sich ebenfalls zu lösen.

„Es fällt alles auseinander", triumphierte Samush siegessicher.

Der oberste Teil der Säule, der sich zuerst gelöst hatte, fiel nun zu Boden. Er schlug jedoch nicht auf. Er landete auf Beinen und richtete sich auf! Der Haufen von Werkzeugen und Kameras ordnete sich zu einen stehenden Roboter an. Die anderen Haufen von Werkzeugen und Kameras machten es ihm nach, bis nach wenigen Augenblicken sieben Roboter im Raum standen. Sie blickten Ion und Samush an, die dem Schauspiel nur fassungslos beiwohnen konnten.

„Das haben wir uns nicht gut überlegt", flüsterte Samush entsetzt.

144

„Wir?", fragte Ion und zog langsam und vorsichtig sein Zepter, als ob eine zu schnelle Bewegung zu vermeiden wäre.

Samush nahm einen Streitkolben zur Hand und seinen Mut zusammen. „Kommt doch!", forderte er die Roboter heraus.

„Das hätte ich jetzt eher nicht gesagt", raunte Ion ihm zu. „Geht weg", sagte er mit einer abwehrenden Geste zu den Robotern und versuchte damit, den Befehl von Samush zu korrigieren. Die Roboter nahmen Kampfpositionen ein.

„Was ist hier los?", rief Bero und kam mit Manjaro zügig in die Halle marschiert, erblickte seine Freunde und winkte ihnen zu. „Hier versteckt Ihr Euch also", sagte er und zog seine Säbel.

Die Roboter drehten sich alle zu ihm. „Hallo", sagte er und schlug dem ersten den Knauf eines Säbels in die Stelle, die er als Gesicht bezeichnet hätte.

Ion und Samush nutzten die Gelegenheit, ebenfalls die Roboter anzugreifen.

Der Kampf begann.

Die Maschinen hatten einige Tricks im Programm. Sie sprangen in großen Sätzen zurück und griffen mit Sprungattacken wieder an. Sie konnten ihren Oberkörper herumwirbeln, während ihre Beine fest auf dem Boden standen. Sie waren schnell und wendig.

Ihre allgemeinen Kampftechniken waren vergleichsweise schlecht, aber das glichen sie aus durch ihre Härte und den mit Präzision geführten scharfen Werkzeugen. Sie besaßen auch keinen Selbstschutz und begaben sich bedenkenlos in die Angriffe ihrer Gegner, um ihrerseits anzugreifen. Da sie in der Überzahl waren, brachten sie die Menschen schnell in Bedrängnis.

Naga und Morafey kamen geradezu angeflogen. Mit einem Kampfschrei machten sie einen großen Sprung, den Speer mit beiden Händen über dem Kopf erhoben. Beide durchstießen jeweils einen der Roboter von hinten und nutzten ihren Schwung dazu aus, diese wegzuschleudern.

Die Roboter hatten jedoch noch einen weiteren Vorteil: Innerhalb weniger Augenblicke reparierten sie sich selbst, befestigten abgetrennte Gliedmaßen und Bauteile wieder neu und begaben sich erneut in den Kampf.

Ion war mit einem Gegner beschäftigt, als er aus den Augenwinkeln sah, wie ein anderer Roboter zu einer Sprungattacke auf ihn ansetzte. Ein quälend langer Augenblick schien sich in eine unendliche Länge zu ziehen, während der Richter seine Optionen abwog. Bereits vollständig von der einen Maschine in Anspruch genommen, sah er keine Möglichkeit, auch noch auf den zweiten Gegner zu reagieren.

Ein dritter Roboter kam von hinten und schien es ebenfalls auf ihn abgesehen zu haben: Er spürte, wie dieser ihn an der Schulter streifte. Ion versuchte in diesem endlos andauernden Moment, seinen Frieden zu machen.

Die aufgestaute Zeit entlud sich mit einem Schlag. Schneller als Ion gucken konnte, kam die auf Töten programmierte Maschine angeflogen – und wurde abgefangen von dem Roboter, der sich ihm von hinten genähert hatte. Morafey stieß ihren Speer durch Ions Gegner und trennte ihm dabei einen Arm ab, ergriff diesen noch bevor er zu Boden fiel und warf ihn im hohen Bogen davon. Plötzlich war auch Samush da und riss den Roboter von den Beinen. Sein Streitkolben fuhr auf die Maschine nieder und riss ein großes Loch in die Schutzverkleidung, hinter der sensible Elektronik sichtbar wurde. Der zweite Schlag zerstörte diese und deaktivierte den Roboter endgültig.

Plötzlich wurde alles ruhig, die Maschinen waren besiegt und lagen mehr oder weniger verstreut auf dem Boden. Hier und da bewegte sich noch leicht der eine oder andere mechanische Arm, doch die Energie verlosch.

Alle hatten den Kampf überlebt. Der Schweiß lief ihnen über das Gesicht, ihre Kleidung war zerrissen und ihre Körper übersät mit größeren Schrammen und kleineren Kratzern, aber sie hatten alle überlebt.

Nur ein Roboter stand noch, unter ihm die Reste des anderen. Die Gruppe bewegte sich langsam und mit gezogenen Waffen auf ihn zu. Er drehte sich um und machte abwehrende Bewegungen.

„Wartet", sagte Ion. Alle verharrten.

„Worauf?", fragte Manjaro, während er sich zu einem Sprung bereit machte.

„Da stimmt doch was nicht", argwöhnte Morafey. „Warum kämpft er nicht?"

Der Roboter hob einen Arm, machte damit eine weitschweifige Geste und ließ dann ein zangenartiges Werkzeug ein paar Mal schnell hintereinander auf- und zuschnappen, dann senkte er den Arm wieder und verharrte in Reglosigkeit.

„Alles in Ordnung", sagte Naga.

„Wie kommst Du darauf?", fragte Bero mit deutlicher Überraschung in der Stimme.

„Das hat er gerade gesagt", antwortete der Jäger und wiederholte die Gesten aus der Zeichensprache der Jäger. Auch in seiner Stimme lag ein Ton von Ungläubigkeit.

„Das ist Karom", entfuhr es Ion.

„Wie?", wollte Samush wissen.

Ion schüttelte den Kopf. „Ich weiß es nicht", entgegnete er, „aber er ist es. Ich bin mir ganz sicher."

Der Roboter zeigte kurz auf Ion und bedeutete dann den anderen mit einer Geste, abzuwarten. Er bewegte sich vorsichtig um die Gruppe herum, so als würde er noch immer befürchten, doch noch angegriffen zu werden. Dann lief er los und verließ die Halle auf dem Weg, auf dem Ion und Samush ursprünglich gekommen waren. Schließlich verhallten seine Schritte.

„Und wenn der Roboter nun von Zent gesteuert wurde?", fragte Manjaro.

„Dann hätte er gekämpft", meinte Ion.

„Sollen wir jetzt darauf warten, dass er wiederkommt?", fragte Samush.

Ion schüttelte den Kopf. „Das machen wir nicht", entgegnete er. „Wir beenden das hier so schnell wie möglich. Karom kann auf sich selbst aufpassen."

Ohne weiter abzuwarten, ging er los. Die anderen folgten ihm. Sie hatten die Halle auf drei verschiedenen Wegen betreten. Nun gingen sie den vierten.

*

[Plog: Akyu, Tekion]

Liebe Faune.

Danke für all deine vielen guten Tipps und Ratschläge. Ich weiß, Du machst Dir große Sorgen um dein kleines Schwesterlein. Ich bin wohlbehalten auf Tekion angekommen.

Wie Du sicherlich befürchtet hattest, bin ich erst einmal alleine auf Entdeckungstour gegangen, ohne jemandem von meinem Vorhaben zu erzählen. Dabei bin ich fast von einem Basilisken gefressen worden. Das ist eine gigantische, hässliche Echse. Schon vorher hat das Tier mich fast zu Tode erschrocken. Aber ich konnte weglaufen. Dabei bin ich leider in eine Felsspalte gerutscht. Ich hab mich schwer verletzt und konnte mich nicht mehr befreien.

Zum Glück kam eine Fee vorbei, die gehört hat, dass ich um Hilfe rief. Die sind nämlich

darauf programmiert, auf Hilferufe zu reagieren. Der Richter von Tekion ist sofort
informiert worden und hat mich persönlich
gerettet. Wusstest Du, dass er ein Roboter
ist? Also, 'Droide' heißt das eigentlich!

Er hat mich dann auf die Krankenstation gebracht und ich wurde behandelt. Ich habe
großes Glück gehabt und werde wieder
ganz gesund, Schwesterchen!

Und nun bin ich in der Obhut von ganz besonders fähigen Jägern – Menschen und
Droiden –, die sich hier auf Tekion wieder
ansiedeln wollen. Sie werden mir dabei helfen, das Wissen und die Fähigkeiten zu er-
langen, die man als geprüfte Jägerin
braucht.

Schwesterchen, ich werde eine richtige Jägern! Ist das nicht toll? Ich freue mich so!

Keine Sorge, ich werde von nun an viel vorsichtiger sein und nicht mehr in jede Gefahr
hineinlaufen. Ich kann auch die anderen
fragen, die mich dann begleiten und auf
mich aufpassen.

Faune, ich möchte auch hier bleiben! Es ist
wunderschön hier. Bitte komme mich bald
mal besuchen!

Deine Akyu

*

In dieser ganzen trostlosen, schmutzigen Anlage fanden sie eine kleine Etage, die ganz anders

war. Wie eine eigene Welt war es hier sauber und roch frisch, es war hell und die Wände waren knallig bunt. Ein kleiner Roboter fuhr herum und sammelte Müll. Überall lagen Spielzeuge auf Tischen und in Regalen.

In einem Verschlag fanden sie verschiedene Waffen vor, sowie Rüstungen, die auf Rüstungsständern befestigt waren. Unter anderem entdeckten sie die Rüstung, die aus einem Vila gemacht worden war. Bei näherer Untersuchung fanden sie eine eingebaute Mechanik, die den Träger der Rüstung wohl in seinen Bewegungen unterstützen sollte, Schläuche, die dazu dienten, den Träger mit Medizin zu versorgen und elektronische Geräte im Brust- und im Kopfbereich, deren Funktionen sie nicht erkennen konnten. Auch frisches Blut befand sich im Inneren des Kopfteils.

Der Rüstungsständer daneben war leer. Der besonderen Größe, Breite und Stabilität des Ständers nach zu urteilen hatte sich hier eine besonders schwere Rüstung befunden. Sie waren sich besorgte Blicke zu.

Zwischen den Waffen fand Bero eine große und schwere Kanone. Er nahm sie von der Wand und zeigte sie breit grinsend Ion. Eine solche hatte er auch seinerzeit auf Tekion gefunden, als sie das erste Mal die Anlagen der Insel erkundet hatten. Der Richter schüttelte in gespielter Verzweiflung den Kopf und blickte scheinbar hilfesuchend nach oben. Bero schulterte die Waffe.

Sie verließen den Verschlag und fanden eine Nische vor. Die Elektronik an der Wand verriet Ion, dass es sich um einen Fahrstuhl handeln musste. Er winkte die anderen zu sich. Eng aneinander stehend passten sie alle hinein. Ion bediente die Elektronik und der Fahrstuhl setzte sich in Bewegung. Sie fuhren hinab.

Unten kamen sie in einem großen Raum an, der sparsam und schlicht eingerichtet war. Wände, Boden und Decke waren metallisch grün, ebenso wie die wenigen Tische und Regale, auf denen sich schriftliche Aufzeichnungen häuften.

Die Technik hier wirkte nicht experimentell und unsicher, wie sonst überall in der Anlage, sondern ließ sich durchaus mit der Technik Tekions vergleichen. Drei Terminals standen hier herum sowie ein Glaskasten voller Elektronik, der aussah wie einer der Glaskästen vom Hauptcomputer Tekions.

Eine Gestalt stand an einem der Terminals. Es war eine schwere Rüstung, in der ein Mensch steckte. Eigentlich war es vielmehr ein Gerüst als eine Rüstung, denn der Mensch wurde nur unwesentlich von der Rüstung verdeckt und geschützt. Sie diente wohl vielmehr dazu, dass sich die Gestalt überhaupt mit Hilfe der mechanischen Gliedmaßen bewegen konnte. Zwei große Kanonen waren links und rechts auf Schulterhöhe montiert, zeigten jedoch zur Decke.

„Zent“, sagte Ion und kam langsam näher.

Die Rüstung bewegte sich langsam und auf mechanische Weise, bis die Gestalt sich den anderen zugewandt hatte. Sie hatte einen Helm auf, der über die Augen ging und scheinbar voller Elektronik steckte. Ein gequältes Lächeln zeigte sich auf dem Gesicht. Weiße Flecken an Hals und Wangen deuteten auf schwere Verletzungen hin, die in der Vergangenheit behandelt worden waren, nachdem sie ihn das letzte Mal gesehen hatten. Das Kinn war voller getrocknetem Blut.

„Ja", sagte die Gestalt, ohne dabei die Lippen zu bewegen. Die Stimme kam aus dem Gerüst.

„Es ist vorbei", erklärte Ion sanft.

Die Rüstung bewegte die Arme zu beiden Seiten. Es sah so aus, als täte sie das von ganz alleine, ohne dem Zutun von Zent. „Es ist nie vorbei", entgegnete seine Stimme. Er lächelte noch immer. „Für Dich und mich vielleicht. Für uns alle hier", fügte er nach einer kurzen Pause hinzu.

„Für *Dich*", rief Samush emotional und streckte eine Faust nach Zent aus.

„Bamm", rief Bero energiegeladen und führte ebenfalls einen Fauststoß in die Luft aus, genau in dem Moment, in dem eine Erschütterung durch die Anlage ging. Ion drehte sich entsetzt zu ihm um und schaute ihn mit großen Augen an, auch mit einem Seitenblick auf die Kanone, die der Wächter noch immer geschultert hatte. Mit der anderen Hand machte Bero eine abweisende Geste. „Das war ich nicht", erklärte er. „Das war Korrelation, keine Kausalität! Das ist zwar gleichzeitig passiert, hatte aber nichts miteinander zu tun!"

Ions Augen schienen einen Augenblick lang noch größer zu werden, und der Richter wirkte für einen Moment, als würde er seinen Freund nicht mehr erkennen. Dann drehte er sich wieder zu Zent um, der hustete und Blut spuckte. Dann lächelte er wieder. Er machte keine Anstalten, sich das Blut vom Kinn zu wischen.

„Diesen Kampf verlieren wir wohl", sagte seine Stimme, „aber es wird noch so lange Kämpfe geben, bis wir bewiesen haben, dass wir Recht haben. Es wird so lange Kämpfe geben, bis wir herrschen!"

„Das ist es also?", fragte Ion. „Du willst herrschen? Um jeden Preis? Egal, wer darunter leidet oder dafür sterben muss?"

„So wir Ihr auch!", entgegnete Zent.

„Das ist nicht wahr", widersprach Samush. „Wir wollen Freiheit und Gleichberechtigung für alle und Regeln, die das allen ermöglichen!"

Zent lachte lautlos in seinem mechanischen Gerüst. Einer seiner mechanischen Arme bewegte sich und deutete auf die Stapel schriftlicher Aufzeichnungen.

„Das wurde allen so erzählt", begann die Stimme von Zent zu erklären, „aber im Hintergrund liefen schon damals ganz andere Prozesse ab. Ihr habt wirklich keine Ahnung, oder? Ihr seid wirklich so naiv? Wisst Ihr tatsächlich nichts von den Organisationen der höheren Klassen, die um die verdeckte Macht kämpften?"

Der Arm der Rüstung deutete anklagend auf Ion. „Richter", rief die Stimme vorwurfsvoll. „Du bist einer! Ein ganz öffentliches Instrument. Eine Instanz, geschaffen um zu kontrollieren!"

„Um zu regeln", widersprach Ion, „um zu schlichten und Streitfälle zu klären!"

Wieder lachte Zent lautlos. Dann musste er wieder husten. „Ion", sagte er schließlich. Es klang geradezu freundschaftlich. Er schüttelte leicht den Kopf.

„Ihr wisst also nichts von den geheimen Orden. Und vermutlich auch nichts von all den anderen Dingen, die als geheim eingestuft wurden: die Überwachungsroboter, die wie natürliche Tiere aussehen, ..."

Wieder ging eine Erschütterung durch die Anlage. Die Stimme von Zent sprach einfach weiter.

„Die sogenannten spirituellen Substanzen, die in den Minen entdeckt wurden und die Experimente damit an Tieren – und an Menschen! Und die Engel und ihre Magie sind Euch auch vorenthalten worden."

„Engel?", fragte Ion spöttisch.

„Magie?", fügte er noch spöttischer hinzu.

„Erzählen wir Dir später", raunte ihm Naga von hinten zu, was ihm einen eiskalten Schauer über den Rücken jagte.

„Meine Vorfahren haben sich von euren getrennt", erklärte Zent, „und wurden dafür erbarmungslos verfolgt und gejagt!"

Die Gruppe wurde unruhig. Sie spürten leichte Vibrationen, die durch die Anlage gingen und langsam stärker wurden.

„Dieser Krieg wird weitergehen. Aber für uns", sagte Zent, und die mechanischen Arme seiner

Rüstung bewegten sich langsam, deuteten erst auf seine Zuhörer und dann auf sich selbst, „endet es hier."

Eine weitere Erschütterung ging durch den Raum und die Vibrationen wurden nun ganz deutlich.

„Perfektes Timing, oder?", fragte Zent belustigt.

„Ich schlage vor, wir gehen jetzt", rief Manjaro alarmiert. Die Gruppe zog sich zum Fahrstuhl zurück, ohne Zent aus den Augen zu lassen. Der machte keinerlei Anstalten, sie davon abzuhalten.

„Wir gehen nirgendwo mehr hin", sagte Zents Stimme, als die anderen nach oben fuhren.

*

[EMEM – Rundsendung]

Für Notfälle wurde der Notfall-Kanal eingerichtet. Dies ist ein allgemeiner und offener Kanal, in den sich jeder einloggen kann. Die aktive Teilnahme setzt voraus, dass man einen Notfall meldet oder auf einen Notfall reagiert.

Sobald Teilnehmer einen Vorfall so weit erläutert haben, dass sie sich untereinander weiter austauschen können, sollten sie dies tun und den Kanal räumen. Somit ist gewährleistet, dass wieder andere Teilnehmer ihre Notfälle vorbringen oder auf diese reagieren können.

Du erhältst diese Mitteilung, weil Du oder andere Mitglieder des Aerie-Systems fälschlicherweise ihr Plog benutzt haben, um Notrufe abzugeben. Dies ist jedoch ein ungünstiger Verfahrensweg, da Plogs nicht unter allgemeiner Beobachtung stehen und es hierdurch zu Verzögerungen bei der Hilfeleistung kommen kann.

Gilden, Richter und andere offizielle Einrichtungen sind für gewöhnlich dazu angehalten, den Notfall-Kanal zu überwachen, sodass auf Notrufe jederzeit zügig reagiert werden kann.

Diese Nachricht kann nicht kommentiert werden.

Hoffentlich hat Dir diese Nachricht weitergeholfen. Einen schönen Tag wünscht Dir: Das EMEM-System.

*

Oben trafen sie auf Karom. Der Oberkörper des weißen Droiden war auf den Beinen des Roboters befestigt, den sie in der Halle verschont hatten. An seinem Kopf waren flache elektronische Geräte befestigt, die aus der Anlage stammen mussten. Er blinzelte mit beiden Augen, als er sie sah.

„Zent ist dort unten", sagte Ion und zeigte auf den Fahrstuhl.

Karom blickte zum Fahrstuhl. Die elektronischen Geräte an seinem Kopf blinkten auf. Die Elektronik im Fahrstuhl zischte, Funken sprühten. „Da bleibt er auch", antwortete er. „Wir hingegen haben noch eine geringe Chance, hier heile raus zu kommen."

Er schaute an sich herunter. „Naja", ergänzte er und blinzelte mit einem Auge, „größtenteils."

„Geringe Chance?", fragten Samush und Manjaro gleichzeitig.

„Ein Selbstzerstörungsmechanismus", erklärte der Droide knapp.

„Oh nein", hauchte Morafey mit Angst in der Stimme und in den Augen.

„Wir haben gute Chancen, wenn wir -", begann Karom, doch Morafey deutete an ihm vorbei. Er drehte sich um.

Hinter ihm näherte sich ein Vila; ein Wesen, das etwas größer als ein Mensch und am ganzen Körper von einem glatten, schwarz glänzenden Panzer geschützt war. Es konnte sich schnell und wendig sowohl auf zwei wie auf vier Beinen fortbewegen. Sein großer Kopf besaß weder sichtbare Augen noch Ohren, und doch schien es sich bestens orientieren zu können. Seine großen Pranken sahen aus wie abgerissene Baumwurzeln. Elektronische Geräte befanden sich an seinen Schläfen und standen auf Rot.

Karom schaute erneut an sich herunter. „Ausgerechnet jetzt bin ich gerade so schwach auf den Beinen", sagte er und wandte sich der gefährlichen Kreatur zu. Schwertklingen schoben sich aus seinen Unterarmen.

„Ion, ich bin ja so sauer auf Dich!", schrie eine schrille Stimme wütend durch die Lautsprecher im Raum. Das war Kessaya. „Da gehst Du einfach los und regelst die Dinge ohne mich! Ich bin so enttäuscht! Manjaro, Du hättest mir auch Bescheid sagen können!"

„Ich fürchte, wir haben hier gerade ganz andere Probleme", sagte Ion mit schwacher Stimme.

„Das geschieht Euch ganz Recht", keifte Kessayas Stimme. „Und ich komme mal wieder gerade noch so rechtzeitig, um Euch zu retten, stimmt's?"

„Kann sie uns hören?", fragte Bero.

Ein zweiter Vila tauchte hinter dem ersten auf. Kampfbereit ging dieser auf alle Viere und setzte zum Sprung an.

„Wir sind verloren", flüsterte Morafey.

Auch Karom ging in Kampfposition. „Ich mach das schon", sagte er.

Plötzlich schalteten die elektronischen Geräte an den Schläfen der Vila von Rot auf Grün. Einen Augenblick lang rührte sich niemand. Dann schalteten sich die Geräte auf Blau und die beiden Kreaturen hockten sich einfach auf den Boden.

„Ich kann nicht behaupten, dass Ihr meine Hilfe verdient habt", gab Kessayas Stimme durch die Lautsprecher von sich. „Und ihr könnt froh sein, dass ich meinen Techniker mitgebracht habe. Ich muss zugeben, dass ich es alleine vielleicht nicht geschafft hätte, Euch da raus zu holen. Wir können die Zerstörung auch nicht mehr aufhalten, nur verzögern. Sag 'Hallo', Pandor!"

„Wir müssen uns beeilen", hörte man leise eine Stimme sagen.

„Na gut, Ihr müsst jetzt so schnell Ihr könnt da raus", lenkte Kessaya ein. „Oben ist eine Plattform, wo wir Euch gut aufsammeln könnten, wenn Ihr wisst, wie Ihr dorthin kommt."

„Ich kenne den Weg", sagte Karom, zog seine Klingen wieder ein und tippte auf die elektronischen Geräte an seinem Kopf.

„Nach oben?", wunderte sich Bero und schaute Ion fragend an, der nur mit den Schultern zucken konnte.

Karom beachtete die Vila nicht weiter und ging einfach an ihnen vorbei. Die anderen schlichen mit größter Vorsicht und Achtsamkeit an ihnen vorbei, als könnten sie gleich wieder aufspringen und angreifen.

Die Vibrationen und Erschütterungen wurden immer stärker. Staub rieselte aus der Decke und von den Wänden. Der Droide führte die Gruppe schnell und zielsicher durch verschiedene Gänge und Räume.

Schließlich gelangten sie nach draußen und sahen den Schwarzen Drachen vor sich: ein großes Fluggerät, in welches mehrere Personen hineinpassten und viele Kisten und Gerätschaften im Laderaum verstaut werden konnten. Augen, Nasenlöcher und Zähne waren vorne auf das Fluggerät gemalt worden, sodass es wie eine große, fliegende Kreatur aussah. Der Drache flog im geringen Abstand über dem Boden, die Laderampe war offen und berührte fast den Boden. Die Gruppe kletterte hinein und die Rampe schloss sich.

„Alle da?", hörte man Kessayas Stimme über die Lautsprecher des Drachen fragen.

Der Drache stieg auf. Feen flogen durch die Luft und wichen ihm aus.

Kapitel 7: Kräfte bündeln

Die Gruppe begab sich vom Frachtraum in die Passagierkabine. Durch die Sichtfenster ließ sich die Anlage beobachten. Stück für Stück brach sie ein und fiel zusammen. Eine gewaltige Explosion war zu hören, jedoch nicht zu sehen.

Dann verschwand die gesamte Anlage, als würde sie von einem gewaltigen Sog nach unten gerissen werden. Das ganze Gebiet wurde vom Erdboden verschluckt, einschließlich der umliegenden, klebrigen schwarzen Masse. Plötzlich schwebte der Schwarze Drache über einem großen und tiefen Loch, in dem ein See aus Lava sichtbar wurde.

„Alle wohlauf?"

Die Tür zur Pilotenkabine öffnete sich und Kessaya kam heraus.

„Kessaya", rief Bero, hob die kleine Richterin hoch in die Luft und drückte sie an sich.

Sie quietschte vor Vergnügen kurz auf, rief dann aber sofort im wütenden Tonfall: „Lass mich sofort wieder runter!"

Bero setzte sie augenblicklich wieder ab. Mit blitzenden Augen stemmte sie die Fäuste in die Hüften und versuchte, Ion mit ihren bohrenden Blicken aufzuspießen. Auch Manjaro wurde mit einem verächtlichen Seitenblick gestraft.

„Danke, Kessaya", sagte Ion in einem reumüti-
gen Ton. „Du bist die Retterin in der Not und im
allerletzten Augenblick!"

„Das kann man wohl sagen", fuhr sie ihn an.
Sie verschränkte die Arme vor der Brust und be-
gutachtete die ganze Gruppe. Wunden, Schrammen, Kratzer und zerrissene Kleidung ließen ihren
Blick erweichen.

„Na gut, ich bin ja auch froh, dass es Euch gut
geht", gab sie ihre wütende Haltung größtenteils
auf. Aber wie seht Ihr wieder aus."

„Zum Glück hat das jetzt ein Ende", erklärte
Ion.

„Nein, hat es nicht", sagte Pandor, der die Ka-
bine betrat. „Hallo, ich bin Pandor."

„Das ist mein Techniker", stellte Kessaya ihn
vor.

„Was meinst Du mit 'hat es nicht'?", wandte
sich Naga an den jungen Techniker aus Liberin.

„Bevor die Anlage zerstört wurde", erklärte
Pandor, „ist ein anderes Fluggerät aus ihr heraus
gekommen und flog davon. Wir konnten uns nicht
darum kümmern, weil wir damit beschäftigt waren, uns in das technische System der Anlage zu
arbeiten und wir wussten, dass die Zeit dafür
knapp war."

„Ist Zent also wieder entkommen?", fragte Morafey.

Ion schüttelte langsam den Kopf. „Nein", antwortete er. „Diesmal nicht."

Er wandte sich an Pandor. „Du hast Recht, es ist noch nicht vorbei. Vielleicht noch lange nicht. Wer weiß, was für Leute das noch waren, die dort lebten und arbeiteten und glaubten, was Zent ihnen erzählt hatte. Wer weiß, wo sie sich überall auf der Welt verstecken. Vielleicht sind sie sogar mitten unter uns!"

Eine bedrückte Stimmung machte sich unter ihnen breit.

„Erstmal habt Ihr überlebt", sagte Pandor, um sie wieder aufzumuntern. Ein kurzer heller Ton kam aus der Pilotenkabine und erweckte seine Aufmerksamkeit. „Diese Anlage zu zerstören war sicher ein guter und wichtiger Schritt", erklärte er, bevor er sich in die Pilotenkabine zurück begab.

„Da bin ich mir jetzt gar nicht mehr so sicher", sagte Ion und schaute besorgt in die Runde.

Ein Windhörnchen kam aus der Pilotenkabine geflogen sprang im fast ins Gesicht. Es quiekte viel und wirkte sehr aufgeregt, sein langer Schwanz flog unkontrolliert hin und her. Gelb und Orange sprangen wild auf seiner Haut herum, welche die Emotionen des Nagetieres durch Farben ausdrückte. „Quiekie", rief der Richter erfreut. Das Windhörnchen hatte sich dank Morafey in ihrem letzten Abenteuer ihrer Gruppe angeschlossen und bis nach Tekion begleitet, wo es dann geblieben war.

„Ich hab ihn in Tekion aufgelesen", erklärte Kessaya wie beiläufig. „Yenna und Ordon hielten

164

es für keine gute Idee, ein Windhörnchen mit auf Reisen zu nehmen, aber ich habe ihnen erklärt, dass sie keine Ahnung haben."

Ihr Kommentar sorgte für allgemeine Belustigung, welche die kleine Richterin als Zuspruch interpretierte. Zufrieden blickte sie umher.

Der Schwarze Drache setzte sich in Bewegung und landete in sicherer Entfernung zu dem neu entstandenen Krater. Die Rampe öffnete sich.

Vor dem Schwarzen Drachen stand ein leuchtend gelber Droide. Er war etwas größer und stämmiger als Karom, der neben ihm schlank und elegant wirkte. Hellgrüne Augen strahlten in seinem Gesicht.

„Friede sei mit Euch", begrüßte er die Aussteigenden. „Mein Name ist Yarom. Ich bin Jäger aus Tekion und wurde ausgesandt, Euch zu helfen."

„Noch so einer", fing Samush an, doch Seitenblicke von Ion und von Bero brachten ihn zum Schweigen. Er schaute schuldbewusst zu Boden, dann sagte er 'Hallo' wie alle anderen auch.

„Eure Mission, die Anlage zu erkunden, scheint ja bereits abgeschlossen zu sein", fing Yarom an.

„Woher weißt Du das?", unterbrach ihn Manjaro.

Der gelbe Droide zeigte einfach in die Luft. Er wartete darauf, dass Manjaro seinem Fingerzeig folgte und die Feen in der Luft wahrnahm, dann fuhr er fort: „Dann freue ich mich darauf, Euch im Kampf gegen die wilden Kreaturen beizustehen, die Eure Dörfer bedrohen, den Grund ihres plötzlichen Auftretens zu ergründen sowie geeignete Schutzmaßnahmen für die Dörfer zu planen und umzusetzen. Ein vorläufiger Plan und Vorschlag von Richter Erom sieht vor, dass ich Liberin zugeteilt werde, während Karom", er warf dem weißen Droiden einen abschätzenden Seitenblick zu, „nach gründlicher Inspektion und Reparatur Geroda zugewiesen wird. Ein weiterer Jäger-Droide wird auch Feuertal zur Seite stehen, sobald er das Trockendock verlassen hat."

„Trockendock?", fragte Samush.

Yarom winkte ab. „Nur eine Metapher für die Werkstatt, in welcher er zusammengebaut wird", erklärte er.

Bero wandte sich Samush zu. „Eine Metapher ist ein Begriff, der stellvertretend für etwas ähnliches benutzt wird, wie zum Beispiel, wenn jemand Horngigant genannt wird, weil er im Kopf so langsam ist", erklärte er in einem belehrenden Tonfall.

Wieder schaute Ion ihn an, als ob er seinen Freund nicht wiedererkennen würde.

Bero machte eine verteidigende Geste. „Was denn? Ich bilde mich auch fort!"

Naga musste lachen.

„Bist Du genau so bewaffnet wie Karom?", wollte Manjaro von Yarom wissen.

Der stellte sich in Position. „Schwert", sagte er. Eine breite Schwertklinge schob sich aus seinem breiten, linken Unterarm, wesentlich breiter als die von Karom. Sie wuchs, bis sie fast so lang war, wie sein ganzer Arm. Sie war sehr dünn und glänzte mit einem ganz besonderem Schein, als ob Licht in ihr gefangen worden wäre.

„Die Klinge ist länger als dein Unterarm! Wie geht das?", fragte der Jäger aus Liberin erstaunt.

„Ein neues Material", antwortete Yarom. Der Glanz der Klinge ließ ein wenig nach. Der Droide demonstrierte, dass sie sich nun sehr leicht biegen ließ. „Eigentlich nur neu wiederentdeckt", korrigierte er sich.

„Faust", sagte Yarom. Die Knöchel der rechten Faust fuhren ein Stück weiter heraus. Kleine Blitze zuckten zwischen ihnen hin und her und verursachten knisternde Geräusche.

Aus seinem rechten Unterarm klappte nur ein kleines Rohr heraus. „Schusswaffe", erklärte der Droide schlicht. „Die Munition ist mit Energie geladen, welche das Ziel schockt, lähmt oder bei entsprechender Ladung sogar töten kann. Jeder Schuss kann individuell dosiert werden. Die Munition kann wieder eingesammelt und neu aufgeladen werden. Ich kann Euch gleich meine Fähigkeiten im Umgang mit den Waffen demonstrieren. Als gefährlich eingestufte Kreaturen sind scheinbar auf dem Weg zu uns."

„Woher weißt Du das?", fragte Samush ungläubig.

Yarom zeigte in die Luft. Samush verstand.

„Die gleiche Art von Wesen wurde im Tal der Dryaden registriert, als wir dort waren", erwähnte Karom, „wir sind jedoch nicht auf sie getroffen."

„Woher -", fing Bero an. Dann winkte er ab und beantwortete sich seine Frage selbst, in dem er in die Luft zeigte.

„Ihr könnt Euch in den Schwarzen Drachen begeben und mich aus sicherer Distanz beobachten", schlug Yarom vor.

Kessaya und Pandor verschwanden im Fluggerät. Die anderen musterten sich gegenseitig. Sie waren müde und erschöpft, angeschlagen und verletzt, aber sie belächelten die Worte des Droiden und stellten ihrerseits ihre Waffen zur Schau.

Yaroms Augen färbten sich rot. „Gut, wie Ihr meint. Kampfmodus", erklärte er. Seine komplette Rüstung schien einen Glanz einzunehmen, wie sein breites Schwert ihn bereits besaß. Er drehte sich langsam um.

Es sah aus, als kämen in der Entfernung drei krumme Baumstämme herbeigeeilt. Sie schlängelten sich nicht wie Schlangen, sie bewegten sich fort ohne eine erkennbare Eigenbewegung. Sie glitten einfach atemberaubend schnell über den Boden. Schwarze Augen wurden erkennbar.

Yarom zielte. Der erste Schuss blitzte auf und traf, erzielte jedoch keine Wirkung. Der zweite ebenso. Der dritte schien eines der Wesen kurz zu bremsen. Der vierte Schuss hatte schließlich eine deutliche Lähmung einer der Kreaturen zur Folge, die offensichtlich dennoch nicht von ihrem Angriff absehen wollte. Der fünfte Schuss setzte eines der anderen Wesen außer Gefecht.

Die anderen beiden lebendigen Baumstämme erreichten den Droiden und teilten sich auf. Die eine Kreatur drehte sich um die eigene Achse und schlug dann mit ihrem langen Hinterteil zu. Durch die Wucht verlor Yarom die Bodenhaftung und flog einige Schritte durch die Luft. Er landete direkt bei der anderen Kreatur, die sich ebenfalls bereits um die eigene Achse gedreht hatte. Nun erhob sie ihr Hinterteil, stieß einen großen Stachel nach unten auf den Droiden und hinterließ eine Delle in seiner Rüstung. Dann erhob sie sich, indem sie sich auf ihrem Hinterteil abstützte und warf ihren Körper auf den Droiden.

„Vielleicht sollten wir doch besser in den Drachen gehen", schlug Manjaro vor, aber niemand rührte sich. Gebannt schauten alle dem Kampf des Droiden zu.

Yarom umklammerte seinen Angreifer. Kraftvoll riss das Wesen sich wieder hoch. Im richtigen Moment ließ der Droide los, landete auf den Füßen vor seinem ersten Angreifer und schlug sein Schwert in dessen Körper.

Völlig unbeeindruckt öffnete die Kreatur ein Maul mit spitzen Zähnen. Der Kopf des Droiden verschwand vollkommen im Maul der Kreatur. Das Wesen zerrte kraftvoll an ihm rum, ungeachtet dessen, dass der Droide durch diese Bewegungen auch das Schwert bewegte, das in seinem Körper steckte. Dunkles Blut lief aus seiner klaffenden Wunde. Yarom stieß seine rechte Faust gegen die Kreatur. Es knisterte. Das Wesen sackte zusammen und der Droide konnte seinen Kopf aus dem

Maul ziehen. Sein Kopf war leicht deformiert worden, aber er schien voll funktionsfähig zu sein.

Das andere Wesen hatte sich ihm bereits genähert, sich mit einer Drehung aufgerollt und schlug mit seinem Hinterteil zu. Wieder flog Yarom durch die Luft, landete jedoch auf den Beinen. Er wirbelte herum und traf die Kreatur am Hals, ein tiefer Schnitt, aus dem augenblicklich das Blut lief. Wieder wirbelte der Droide herum und wieder verursachte er einen tiefen Schnitt. Ein weiteres Mal wirbelte Yarom herum, doch die Kreatur hatte sich auf seinen Angriff eingestellt, wich aus und biss ihm ebenfalls in den Kopf. Aus dieses Mal rammte der Droide seine rechte Faust gegen den Körper des Angreifers. Es knisterte und knisterte, aber die Kreatur ließ nicht los. Dann schoss Yarom zweimal, und das Wesen sackte zusammen. Er stieß seine Schwertklinge hinein, sodass sie auf der anderen Seite wieder herauskam.

Die dritte Kreatur hatte sich inzwischen von seiner Betäubung erholt und griff an. Es rollte sich auf, schlug dann aber nicht mit seinem Hinterteil zu, sondern mit seinem Stachel. Es schlug Yarom gegen einen Felsen und drückte ihn mit seinem Stachel den Felsen hinauf.

Yarom schoss auch zweimal auf diese Kreatur und schlug es in zwei Teile, sobald er wieder Boden unter den Füßen hatte. Er eilte zurück zu seinem ersten Angreifer, der sich schon wieder aufrappelte und versetzte ihm den Todesstoß.

Er kehrte zum Schwarzen Drachen zurück. Die anderen zeigten entsetzte Blicke über den erbarmungslosen Kampf. Sie waren von dem Kampf zu gebannt gewesen, um im Fluggerät Schutz zu suchen, hatten sich aber doch vorsichtig zurück bewegt und sich vor Spannung an die Außenwand des Drachen gedrückt.

„Du bist verletzt", äußerte Samush im bedauernden Tonfall.

„'Beschädigt' meinst Du? Nur mein Stolz", erwiderte Yarom. Seine roten Augen strahlten ein wenig heller, und seine Rüstung glänzte nun besonders stark.

Dann sah es aus, als ob eine unsichtbare Kraft ihn von innen erfüllen würde. Seine Beulen an Brust und Kopf wurden nach außen gedrückt und lösten sich dann schlagartig auf. Er sah aus wie neu. Dann verschwand der Glanz wieder und seine Augen wurden wieder etwas dunkler. Schließlich wechselten sie die Farbe wieder in das alte Grün und Yarom zog seine Waffen ein. „Nein, die Rüstung hat alles abgehalten, ich habe keine inneren Schäden", sagte er schließlich.

Bero schaute Karom an und deutete auf Yarom. „So eine Rüstung brauchst Du auch", sagte er.

„Neue Beine wären für den Anfang auch schon nicht schlecht", entgegnete Karom mit einem Blick an sich hinab.

„Ja, Erom hat die Rüstung bereits vorbereitet", sagte Yarom. „Beine sollten sich auch noch irgendwo finden lassen", fügte er hinzu, und für einen kurzen Augenblick strahlten seine Augen rosa.

„Wieder ärgerlich, dass ich das Elf nicht mitgenommen habe", sagte Manjaro mit Bedauern.

„Elf? Ich glaube, solche Geräte liegt in einer dieser Kisten", entgegnete Kessaya, die sich mit Pandor wieder dazugesellt hatte. „Erom hat mir eine Standard-Ausrüstung für den Schwarzen Drachen eingeräumt und dieses Wort hab ich auf der Liste gesehen."

„Aber geht es nicht schneller, wenn wir eben mit dem Drachen fliegen?", fragte der junge Techniker.

Die Droiden nickten.

Ohne ein weiteres Wort stiegen alle ein und wenige Augenblicke später flog der Schwarze Drache los.

*

[EMEM-Rundschreiben]

Kurze Erläuterung für zwischendurch.

Ein Plog ist ein persönliches Logbuch. Hier kannst Du alles veröffentlichen, was Du möchtest: Ideen, Wünsche, Erlebnisse, Tipps und Tricks oder einfach deine Gedanken. Du kannst auch andere Menschen an deinem Plog teilhaben lassen, damit sie von deinen Ideen, Wünschen, Erlebnissen, Tipps und Tricks oder einfach von deinen Gedanken erfahren. Zusätzlich kannst Du auch erlauben, dass Menschen an deinem Plog teilnehmen können. Dann können sie deine Einträge kommentieren und diskutieren.

Aber: Du hast ein spezielles Anliegen? Du hast eine Frage, die schnell beantwortet werden soll? Du möchtest eine öffentliche Diskussion anfangen, die aber nicht auf deinem Plog geführt werden soll?

Hierfür gibt es öffentliche Kanäle und Foren. Kanäle sind eher für kurzfristige Anliegen und Fragen, Foren für langfristige Diskussionen gedacht, die auch in Zukunft noch für andere Menschen interessant sein können.

Kanäle und Foren sind im Gegensatz zu Plogs personenunabhängig, sind aber normalerweise einer Gilde, einem Ort oder einer öffentlichen Einrichtung zugewiesen.

Wenn zum Beispiel eine Gilde für dein Anliegen, deine Frage oder deine Diskussion zuständig erscheint, suche nach dem entsprechenden Kanal oder dem entsprechenden Forum. Dörfer haben ihre eigenen, ortsspezifischen Kanäle und Foren, für Orte außerhalb der Dörfer kann auch jeder einfach einen entsprechenden Kanal oder ein Forum erstellen.

Für technische Fragen wende Dich einfach an deinen Richter, einen Techniker oder einen der schönen, klugen und vertrauensvollen Droiden.

Du erhältst diese Mitteilung, weil: Erom hat es mir befohlen und gedroht, mich sonst in einen kleinen Gnom zu verwandeln! Liebe Grüße, er macht nur Spaß!

*

Kessaya landete den Schwarzen Drachen direkt vor dem Turm von Tekion. Er war wieder aufgebaut und erstrahlte im alten Glanz: Es war ein Turm aus Glas, Gold und Silber. Er war in sich gedreht, ein wahres Kunstwerk, das 50 Stockwerke beinhaltete.

Eine plumpe, eiförmige Figur ohne Arme und Beine stand am Eingang, einem Bogen aus Gold. Ihre blau leuchtenden Augen richteten sich durch eine Kopfdrehung auf die Gruppe.

„Einen schönen guten Tag wünsche ich Euch, werte Damen und Herren", gab die Figur mit einer etwas künstlich klingenden Stimme von sich. „Herzlich Willkommen im Turm von Tekion. Ich bin Tibot, Euer freundlicher Informationsroboter. Wenn Ihr Fragen habt, wendet Euch bitte vertrauensvoll an mich. Hallo, Kessaya. Schön, dass Du so schnell wieder hier bist."

Bero schaute erwartungsvoll. Dann blickte er zu Samush rüber. „Ich dachte, das Ding kennt Dich auch", wunderte er sich.

„Ich hab ihm gesagt, er soll mich in Ruhe lassen", knurrte der Richter aus Feuertal.

Sie betraten den Turm und wurden gleich von Erom begrüßt. Der blaue Droide winkte ihnen. „Liebe und Frieden", sagte er und machte für einen Moment große Augen. „Darf ich Euch Zurom vorstellen? Sie kommt gerade frisch aus der Produktion."

Mit diesen Worten präsentierte der mechanische Richter von Tekion den Droiden, der hinter ihm stand. Bero konnte sich ein Pfeifen nicht verkneifen.

Zurom hatte eine leuchtend rote Rüstung und hatte von ihrem Konstrukteur sehr weibliche Kurven bekommen. Ihre Augen waren leuchtende goldene Scheiben, die jeweils von einem silbernen Ring umgeben waren. Die Ringe hatten eine feste Position, während die goldenen Scheiben in ihnen beweglich waren. Zurom blickte mit den Augen erst zu Boden und dann schnell zwischen den Personen vor ihr hin und her.

„Ich grüße Euch", sagte sie mit einer weiblichen Stimme. „Ich bin Zurom, Jäger-Droidin von Tekion. Ich freue mich schon darauf, mit Euch zusammen zu arbeiten. Mit der Erlaubnis des Richters von Feuertal werde ich wohl in naher Zukunft erst einmal dort beschäftigt sein."

„Einverstanden", sagte Samush steif und mit schmalen Lippen.

Bero stand inzwischen hinter Zurom und hatte sie rundum begutachtet. Nun blinzelte er Samush zu und deutete mit dem Kopf auf sie.

Samush musste lächeln. „Ich freue mich drauf", fügte er hinzu und entspannte sich etwas.

Zurom deutete eine Verneigung an.

„Heißer roter Feger", kommentierte Bero anerkennend von hinten.

Zurom rollte mit den Augen.

„Ich benötige neue Beine", meldete sich Karom zu Wort und verwies auf seine dünnen mechanischen Beine eines technisch veralteten Roboters.

„Ich habe bereits alles vorbereitet. Reparatur und Update warten auf Dich. Du kennst Dich ja aus", antwortete Erom und zeigte hinter sich. Karom nickte und ging los.

Pandor schaute aufmerksam zwischen den Droiden hin und her. „Ist es für Euch nicht umständlich, laut zu sprechen? Ihr könntet Euch doch viel besser über das Datenübertragungssystem unterhalten, oder?"

Erom schnippt mit den Fingern und zeigte auf Pandor, dann hielt er den Daumen hoch. „Wenn Menschen anwesend sind, dann benutzen wir auch menschliche Sprache", erklärte der blaue Droide. „Alles andere wäre unhöflich."

Er legte den Kopf ein wenig schief, das eine seiner Augen wurde groß, das andere klein. "Umständlich wäre vielmehr, Bero den Unterschied zwischen Korrelation und Kausalität zu erklären!", behauptete er und zeigte auf den Wächter.

„Nein, den Unterschied kennt er", widersprach ihm Ion.

Erom machte große Augen und hielt sich die Hände an den Kopf. „Schwerer Systemfehler!", sagte er. „Alle Schaltkreise durchgebrannt. Dieser Droide ist nun außer Funktion."

Bero lachte laut und schlug Erom eine Hand auf die Schulter. „Keine Sorge, ich repariere Dich gleich", drohte er scherzhaft.

„Fehldiagnose behoben", behauptete Erom schnell mit abwehrenden Bewegungen. „Alle Systeme funktionieren wieder innerhalb normaler Parameter!"

Zurom rollte mit den Augen.

„Erom", sagte Ion plötzlich, nicht besonders eindringlich, aber in einem solch ernsten Tonfall, dass alle anwesenden Menschen und Maschinen augenblicklich das Scherzen einstellten und sich auf den Richter aus Geroda konzentrierten. „Von der Anlage, die wir zerstört haben, ist unmittelbar vorher ein Flugobjekt gestartet. Wurde von den Feen dort aufgezeichnet, wohin es geflogen ist?"

„Streng genommen wurde die Anlage im Ödland durch einen Selbstzerstörungsmechanismus zerstört", entgegnete der blaue Droide mit erhobenem Finger und kleinen Augen. „Was das Flugobjekt betrifft: Bis zu einer gewissen Entfernung wurden Richtung und Geschwindigkeit festgehalten, jedoch verließ es den Überwachungsradius letztlich, bevor es irgendwo gelandet ist. Der Vorfall wird jedoch bereits untersucht."

„Was weißt Du von geheimen Orden, Gilden oder Organisationen?", fragte Ion. Sein Tonfall wurde noch ernster. Kessaya und Pandor machten große Augen.

„Ich bin kein Mitglied einer geheimen Gesellschaft und somit in keine solche eingeweiht“, sagte Erom, stellte ein Auge groß und das andere klein. „Wenn ich also von einer wüsste, wäre sie nicht mehr geheim.“

„Zent sprach davon, dass in der Vergangenheit solche geheimen Gruppen existiert hätten und vorhatten, die Herrschaft an sich zu reißen“, erklärte Ion dem Droiden.

„Eine durchaus vertrauenswürdige Quelle“, behauptete Erom und stellte das große Auge klein und das kleine Auge groß.

„Das stimmt. Dennoch bin ich geneigt zu glauben, dass da vielleicht was dran ist – oder war“, erörterte Ion seine Bedenken und blickte dabei zu Naga rüber, der unruhig mit den Füßen scharrte.

„Ich werde die Ergründung dieser Angelegenheit zum Aufgabenpool hinzufügen“, sagte Erom.

„Wir haben Engel getroffen“, gab Naga schließlich von sich, „aber das ist eine längere Geschichte, die wir nicht im Stehen besprechen sollten.“

Seine Worte erregten großes Aufsehen.

„Angenehme Räumlichkeiten haben wir hier genug“, erklärte Erom mit einer einladenden Geste. „Wir können auch Yenna und Ordon in die Besprechung miteinbeziehen. Sie betreiben hier den Radiosender 'Abenteuer Kumono'.“

„Vielleicht erst mal nicht", widersprach Naga und blickte verschwörerisch hin und her.

„Also, ich glaube, ich kenne eine geheime Organisation", scherzte Samush und blickte sich amüsiert um. Als er nur fragende Blicke erntete, deutete er mit hochgezogenen Augenbrauen auf die Anwesenden im Raum und erntete Heiterkeit.

Sie begaben sich in ein gemütlicheres Zimmer, setzten sich und ließen sich von Erom mit Tee und Früchten versorgen.

Naga fing an zu erzählen: „Die Engel leben in unterirdischen Höhlen, die aus Rankenpflanzen gewachsen sind und mit Kristallen beleuchtet werden, die ihr Licht von einem Feuer unter der Erde beziehen, wie sie behaupten. Sie sehen den Menschen ähnlich, haben aber ihre Unterschiede. Sie können unsere Sprache sprechen, beobachten uns – wie sie sagen – durch Nebel, kennen unsere Gepflogenheiten und hatten wohl auch früher schon direkten Kontakt mit Menschen, was aber wohl nicht so gut gelaufen ist. Sie beherrschen eine Kraft, mit der sie Dinge aus der Entfernung bewegen können."

Während der Jäger sprach, bekamen seine Zuhörer immer größere Augen.

Bero unterbrach an dieser Stelle. „Gaben sie Dir etwas von dieser bunten Frucht zu essen, die alle Geschmacksrichtungen gleichzeitig hat?"

„Nein, wir haben nichts bei ihnen gegessen", antwortete Naga und schaute zu Ion, Samush und Manjaro rüber, die sich bei der Frage von Bero eigenartig verhalten hatten.

„Hunger und große Anstrengung können aber auch Halluzinationen hervorrufen, richtig?", fragte Bero in die Runde.

Ion fiel dazu etwas ein. „Haben sie meine Fee auf dem Rotstein-Plateau mit ihrer Kraft zerstört?", fragte er.

„Ich weiß es nicht", antwortete Naga.

„Lebten sie schon immer auf Kumono oder sind sie genau wie wir hierher gekommen?", fragte Samush.

„Ich weiß es nicht", antwortete Naga.

„Beobachten sie uns auch in diesem Augenblick?", fragte Manjaro und blickte argwöhnisch im Raum herum.

„Ich weiß es nicht", antwortete Naga wieder. „Jedenfalls haben sie uns geholfen. Sie kannten einen unterirdischen Weg, der uns direkt in die Anlage geführt hat."

„Standen sie mit Zent in Kontakt?", fragte Ion alarmiert.

„Das glaube ich nicht", antworteten Morafey und Naga gleichzeitig.

„Sie haben gesagt, wir sehen uns wieder, sobald wir dazu bereit sind", sagte Naga. „Ich nehme also mal an, wir sind dort willkommen und können ihnen diese Fragen selber stellen."

Ion nickte.

„Oberste Priorität sollte vorerst sein, die Dörfer und ihre Umgebung besser vor den wilden Kreaturen zu sichern", übernahm Erom das Gespräch. „da es hier um Leben und Tod geht. Die Ursachen für die ansteigende Gefährlichkeit der Tiere sind noch nicht gänzlich geklärt, die Anlage von Zent scheint jedoch damit zu tun gehabt zu haben. Möglicherweise wurden die Kreaturen absichtlich entsprechend gezüchtet, möglicherweise entstand der Prozess aus der Feindlichkeit des Ödlandes und seiner giftigen Stoffe heraus. Allerdings kann auch eine natürliche Ursache zu diesem Zeitpunkt nicht vollständig ausgeschlossen werden."

Samush warf Zurom einen verstohlenen Blick zu. Er fühlte sich von ihr beobachtet. Beim direkten Betrachten der roten Droidin schien sie jedoch nur vor sich hin zu gucken. Allerdings bewegte sie ihre Augen dann ein winziges Stück in seine Richtung, so als hätte sie seinen Blick bemerkt. Es wirkte fast, als wolle der Richter aus Feuertal ihre Mimik deuten, bis er sich daran erinnerte, dass sie gar keine hatte.

„Als nächstes ist es wichtig", fuhr Erom mit kleinen Augen fort, „das verschwundene Flugobjekt wieder aufzufinden. Denn wenn die aufgestellten Ideen und Regeln von Zent weiterbestehen und von Personen gelebt und umgesetzt werden, werden sie uns auch weiterhin Probleme bereiten. Zudem schlage ich vor, für alle technischen Belange ein Passwortsystem einzuführen. Das verbessert die Sicherheit. Indem jeder ein geheimes Wort benutzt, um sich der technischen Geräte gegenüber zweifelsfrei zu identifizieren, wird Mißbrauch durch unautorisierte Personen enorm erschwert."

„Gute Idee“, rief Pandor. Dann schaute er sich verlegen um und machte sich dann ein wenig kleiner.

„Die Kommunikation mit den Engeln kann durchaus wichtig und nützlich für uns sein“, lenkte Erom ein, „kann aber ebenso neue, unvorhersehbare Probleme mit sich bringen. Deswegen bewerte ich dies als die drittwichtigste Priorität.“

Naga und Morafey sahen sich bei diesen Worten unschlüssig an.

„Das sind nur Vorschläge“, erklärte der Droide mit großen Augen, „und Einschätzungen. Ein weiterer Vorschlag von mir betrifft die Vernetzung aller Bewohner und die verbesserte Kommunikation untereinander. Das kann ich Euch wohl am besten demonstrieren, indem ich die Geräte her hole.“

Mit diesen Worten verließ er den Raum. Vor dem Raum stand eine Person, warf einen Blick in den Raum und grüßte wortlos. Die anderen grüßten zurück. Dann betrat die Person den Raum. Es war ein schlanker, drahtiger Mann in typischer Jäger-Montur in Grau- und Brauntönen. Er hatte schulterlange, braune Haare und einen Vollbart.

„Yotto“, erkannte Manjaro ihn.

„Hallo, ich bin Yotto, Jäger aus Liberin“, stellte Yotto sich vor und schaute in die Runde. „Sehe ich das richtig, dass in diesem Raum gerade die Richter aller Dörfer zusammensitzen?“

Er zeigte aus dem Raum raus. „Außer Erom, jetzt gerade“, fügte er hinzu.

„Korrekt", antwortete Samush.

„Das trifft sich gut", erwiderte der Jäger. „Ich denke, es wäre sinnvoll für mein Anliegen, mit Euch allen zu reden. Wäre das in Ordnung? Wann passt es Euch?"

„Wenn es schnell geht, warum nicht jetzt", schlug Ion vor. „Ansonsten denke ich, dass unsere Besprechung hier auch gleich vorüber sein wird."

Erom betrat den Raum mit einer kleinen Kiste in der Hand. Yotto nahm dies zum Anlass, gleich sein Anliegen vorzutragen.

„Ich möchte ein neues Dorf gründen", erklärte der Jäger. „Ich habe Freunde in Liberin, Geroda und Feuertal, die mich unterstützen würden oder sogar mit mir kommen wollen. Ich vermute, Ihr werdet nicht so begeistert sein, schließlich müssen auch die bestehenden Dörfer teilweise erstmal wieder neu aufgebaut und verbessert werden. Dennoch bin ich fest entschlossen!"

„Hast Du darüber nicht in deinem Plog geschrieben?", fragte Pandor aufgeregt. „Das Gebiet mit den unterirdischen Höhlen?"

„Ganz genau", antwortete Yotto. „Schön, dass jemand mein Plog liest", fügte er hinzu und zwinkerte Pandor zu.

„Der Augenblick ist wirklich nicht günstig", erklärte Ion. „Wir kommen jetzt endlich dazu, uns um die Situation der drei Dörfer des Kontinents zu kümmern: Wir wollen untersuchen, warum plötzlich überall so viele gefährliche Tiere unterwegs sind und Maßnahmen dagegen ergreifen."

„Wie auch immer die aussehen werden", fügte Samush hinzu, „denn einen Plan dafür haben wir noch nicht."

„Aber Du bist Jäger, Yotto", sagte Ion. „Warum hilfst Du uns nicht dabei? Anschließend werde ich Dir gerne dabei helfen, ein weiteres Dorf zu gründen. Ich halte das sogar für eine sehr gute Idee!"

„Herzlichen Glückwunsch! Dann bist Du demnächst auch ein Richter", gratulierte Bero dem Jäger.

„Ich?", rief Yotto geradezu entsetzt und gestikulierte abwehrend.

„Ja, wer denn sonst?", fragte Manjaro.

Eine kurze Pause entstand.

„Du bist mit der Planung wohl noch nicht so weit, dass Du dir darüber schon Gedanken gemacht hättest", vermutete Bero.

„Ja", fing Yotto langgezogen an. „Nein", gab er zu. „Aber Ihr habt Recht. Ich übernehme die Verantwortung, also werde ich Richter."

„Prima, dann haben wir ja schon weitere Pläne, wenn wir mit dem Sichern der Dörfer fertig sind", sagte Ion.

Erom öffnete die kleine Kiste, die er mitgebracht hatte. „Ich reiche das hier mal herum", er-

klärte er. „Nehmt Euch jeder ein Armband heraus."

Die Menschen taten wie geheißen. Die Arm-
bänder schmiegten sich perfekt an ihre Handge-
lenke. Eine runde, matt glänzende Scheibe saß
auf jedem Armband. Samush berührte die Scheibe
seines Armbandes mit dem Daumen der anderen
Hand. Er erschrak. Plötzlich schwebte eine recht-
eckige Fläche aus Licht über seinem Unterarm, an
dem das Armband befestigt war, und bewegte
sich mit den Bewegungen des Unterarmes mit.
Zwei kleine Symbole waren darauf zu sehen, ein
großes, welches an ein Auge erinnerte, und ein
schlichter kleiner Kreis.

„Dies sind mobile Computer", erklärte der Droide. „Ihr könnt damit kommunizieren, Bilder und
Sprache speichern, Berechnungen durchführen
oder andere Anwendungen darauf installieren, die
Ihr benutzen wollt. Dafür benötigt Ihr dann allerdings jeweils Kontakt zum Aerie-System, das Euch
dann mit Emem verbindet. Wie Ihr seht, könnt Ihr
die Geräte einfach mit einem Finger der anderen
Hand aktivieren und auch wieder deaktivieren.
Damit der Gebrauch der Geräte nicht jedes Mal
wieder neu erklärt werden muss, habe ich eine
Software namens Tutor installiert, die Euch alles
erklären wird, was Ihr wissen wollt. Ihr könnt die
Oberfläche eures virtuellen Terminals – also der
Lichtfläche, die Ihr dort seht – später gestalten,
wie Ihr sie braucht. Ich habe sie aber erst einmal
so eingerichtet, dass Ihr fast zwangsläufig den Tutor aufruft."

Samush drückte das Symbol, das wie ein kleiner Kreis aussah. Eine Vielzahl anderer Symbole
erfüllte die Oberfläche aus Licht.

„Aber eben nur fast", ergänzte Erom. „*Das* war *nicht* das Symbol für den Tutor."

„Narrensicher", lachte Bero laut.

„Gleichzeitig können diese mobilen Computer die Funktion einer Muschel übernehmen", erklärte Erom weiter. „So könnt Ihr auf Wunsch also jederzeit geortet werden, ein Notfallsignal absetzen und andere mobile Einheiten wie Gnome und Feen dazu anweisen, Eurem Signal zu folgen."

„Wir haben gerade erst Muscheln ausgeteilt bekommen", entgegnete Morafey und zeigte ihre, die ihr um den Hals hing.

„Shana hat ihre Muschel bis jetzt nicht mal erhalten", brummte Ion und griff ebenfalls nach dem erwähnten Gerät um seinen Hals. „Ich trage sie immer noch bei mir."

„Es liegt ganz bei Euch, wie Ihr die Geräte nutzen wollt, die Euch zur Verfügung stehen", sagte Erom. „Aber Technik wird sich immer wieder verändern und das eine Gerät wird früher oder später durch das nächste ersetzt."

„Jetzt haben wir erst mal etwas anderes zu tun als mit Computern zu spielen", meinte Naga und stand energiegeladen auf. „Haben wir alles besprochen? Dann sollten wir uns auf den Weg machen."

Karom betrat den Raum. „Ihr wollt wohl ohne mich los", sagte er und blinzelte zwei Mal mit beiden Augen.

Hinter ihm wurden zwei Personen sichtbar. Sie machten große Augen, dann drängten sie sich in den Raum.

„Toll, bist Du nicht Ion?", rief die Frau begeistert. „Ich bin Yenna und das hier ist Ordon. Ihr habt bestimmt schon von uns gehört. Wir machen die Radio-Sendung 'Abenteuer Kumono', in der wir auch von Euch berichten!"

„Es ist mir eine große Ehre, Euch alle kennenzulernen", sagte Ordon.

„Ja, danke", sagte Ion überrumpelt.

„Vielleicht habt Ihr ja gerade Zeit, mit uns auf Sendung zu gehen", schlug Yenna voller Elan vor. „Es wäre für alle Hörer sicher ein tolles Ereignis, den berühmten Ion zu hören, dem wir das überhaupt alles zu verdanken haben!"

„Na na", wehrte Ion überfordert ab. „Ein anderes Mal sicher gerne. Wir haben gerade viel zu tun."

Yenna klammerte sich an Ions Arm und strahlte ihn mit großen, braunen Augen an. „Bitte, bitte komm bald wieder!", rief sie euphorisch und theatralisch. "Wir werden schlaflose Nächte lang auf Dich warten und die Augenblicke zählen."

Ion fühlte sich befremdlich, wurde verlegen und klopfte ihr beruhigend auf die Schulter. „Ich tu, was ich kann", teilte er ihr mit, bedeutete ihr, dass er nun dringend gehen müsse und eilte davon.

„Die himmelt Dich ja an, Du Held", murmelte ihm Bero mit einem breiten Grinsen zu. Der obligatorische zu starke Klaps auf den Rücken blieb auch nicht aus.

„Lass uns bloß schnell hier weg", raunte Ion ihm zu. Das Armband des Richters piepte.

*

[Notfall-Kanal]

[Samuel] Hilfe! Geroda ist umzingelt! Überall sind wilde Kreaturen. Sie sind aggressiv und angriffslustig. Wir können das Dorf nicht mehr verlassen. Bestimmt finden sie bald einen Weg rein. Was sollen wir bloß tun?

[Ion] Drin bleiben und Ruhe bewahren. Wir sind gleich da.

*

Der Schwarze Drache landete vor den Toren Gerodas. Die Laderampe öffnete sich.

Erom hatte ihnen neuste Schutzrüstungen an Bord bringen lassen, die sie nun trugen. Ihre dazugehörigen Helme waren auf einen gemeinsamen Kommunikationskanal eingestellt sowie darauf, auf Knopfdruck Bilder zu empfangen und anzuzeigen, die von den Feen übermittelt wurden, welche das Gebiet überwachten.

Stoßsicher, elegant und eindrucksvoll begaben sie sich in den Kampf.

Ion stieg als erster aus, sein Zepter kampfbereit ausgefahren und aktiviert. Bero folgte ihm mit einer schweren Kanone auf der Schulter. Morafey und Naga kamen als nächste, beide mit langen Speeren ausgerüstet. Samush hatte seinen Streitkolben gezogen und Manjaro hielt längere, geschwungene Dolche in beiden Händen. Yotto führte ein Schwert.

Dann folgten die Jäger-Droiden: der weiße Karom, der gelbe Yarom und die rote Zurom.

Die Luft war erfüllt von Feen.

Ion drehte sich um und stellte sicher, dass sich die Laderampe des Schwarzen Drachen wieder schloss. Dann konzentrierte er sich ganz auf die bevorstehende Arbeit.

Der Richter aktivierte die Elektronik an seinem Helm. Er hatte erwartet, eine Art von Landkarte vor seinen Augen erscheinen zu sehen, aber stattdessen hatte er das Gefühl, mit einem zusätzlichen Sinn ausgestattet zu werden: Tiere, die von seiner Perspektive aus nicht sichtbar waren, wurden genau so sichtbar gemacht, wie sie auch tatsächlich aussahen, jedoch als Lichtgestalten. Er hatte den Eindruck, durch Mauern, Bäume und Felsen hindurch zu sehen.

„Terrorschweine, Schnabullen, Reptilions", fing Ion an aufzuzählen, während er sich umschaute und versuchte, sich einen Überblick zu verschaffen.

„Riesenschlangen", beschrieb er in einem unsicheren Tonfall Kreaturen, die er zuvor noch nicht gesehen hatte.

„Vila", zischte er angespannt.

„Warum sind die auf einmal alle hier?", fragte Bero.

Die Tor der Schutzmauer von Geroda öffnete sich. Zehn mutige und kampfbereite Jäger standen in der breiten Öffnung.

„Zurück", rief Bero laut. „Bleibt drinnen!"

Ängstliche und fluchtbereite Jäger schlossen augenblicklich wieder das Tor. Als Bero sich zu ihnen gedreht hatte, hatte er gleichzeitig mit seiner schweren, geschulterten Kanone auf sie gezielt und seinen Worten damit unabsichtlich besonderes Gewicht verliehen.

„War doch richtig, oder?", fragte der Wächter.

„Abgesehen davon, sie alle fast zu erschießen? Klar, was sonst", erwiderte Ion. „*Wir* sind hier das Selbstmord-Kommando."

Eine Horde von Terrorschweinen kam auf sie zugelaufen. Die Lichtgestalten verwandelten sich zu echten Tieren, als sie sichtbar wurden, trotzdem zeichnete die Elektronik des Helms um jede Kreatur einen hellen Lichtrahmen, um sie besser sichtbar zu machen.

Die Wellen von Terrorschweinen waren kein Problem. Energiegeladene Waffen und gezielte Schläge ließen sie umherfliegen, dass sie schnell die Lust verloren und die Flucht ergriffen. Die aggressivsten bekamen Hiebe, Stiche und Schnitte zu spüren, dass sie sich noch lange die Wunden lecken würden.

Sie teilten sich auf. Ion, Bero und Karom blieben zusammen. Manjaro und Yotto bildeten mit Yarom zusammen eine Gruppe. Samush, Morafey und Naga zogen gemeinsam mit Zurom los. Sie benutzten die Kommunikationssysteme der Helme, um in Kontakt zu bleiben.

„Team Feuertal übernimmt jetzt die Schnabullen", sagte Samush. Morafey und Naga murmelten etwas Unverständliches, was wohl mit der Namensgebung der Gruppe zu tun hatte.

„Team Liberin jagt die Reptilions", kündigte Manjaro an.

„Sehr gut. Und wir übernehmen die Vila", ließ Ion verlauten. „Erstmal haben wir die Kanone, und zweitens kommen sie direkt auf uns zu."

Vier Gestalten liefen schnell auf sie zu. Ion gefror das Blut in den Adern, als die Lichtgestalten sich in die schrecklichen, schwarzen Kreaturen verwandelten, von denen vor noch nicht allzu langer Zeit schon eine einzige fast ausgereicht hatte, um ihn und seine Freunde zu töten.

Bero schoss. Eine Kugel aus blauem Licht schoss durch die Luft. Sie spürten, wie eine Welle der Energie von der Kanone ausging und durch sie hindurch fuhr. Der damit einhergehende Ton war laut und tief. Ein Vila wurde voll erwischt und verschwand augenblicklich wieder hinter dem Felsen, auf dem er gerade aufgetaucht war. Seine Lichtgestalt verschwand.

Eine Reihe kleiner Lichter an der Kanone erlosch. Das erste leuchtete gleich wieder auf. Erst wenn alle Lichter wieder leuchteten, konnte Bero erneut schießen.

„Beeilung", knurrte Bero, während die Vila ungehindert weiter auf sie zuliefen.

Ion machte sich kampfbereit. Auch Karom fuhr seine Schwerter aus.

Urplötzlich wurde eine andere Lichtgestalt an der Stadtmauer sichtbar. Auf gleicher Höhe, auf der sich die Vila befanden, entstand eine Gestalt aus dem Nichts. Sie war mindestens doppelt so hoch wie die Vila und hatte wesentlich mehr Masse. Sie bewegte sich gebückt auf zwei Beinen und hatte zwei Arme sowie einen großen, langgezogenen Kopf, der aussah, als ob sich natürlich gewachsene Löcher darin befanden. Die Lichtgestalt verwandelte sich augenblicklich in eine sichtbare Kreatur. Sie war ebenfalls schwarz und hatte die gleichen Pranken wie die Vila, die an große, ausgerissene Baumwurzeln erinnerten. Sie hatte ein großes Maul voller scharfer Zähne und keine sichtbaren Augen oder Ohren. Sie bewegte sich von der Seite mit Kraft in die Gruppe der Vila hinein, packte sich den ersten und überrannte die anderen beiden einfach.

Die angsteinflößenden Schreie der Vila waren nichts gegen den Anblick der gewaltigen Kreatur, die ebenfalls Laute von sich gab, die Ion nie wieder würde vergessen können.

„Ein Super-Vila", hauchte Ion unter seinem Helm.

Die Vila, die überrannt worden waren, hatten sich wieder aufgerafft und liefen nun wieder auf Ions Gruppe zu. Ion konzentrierte seine ganze Aufmerksamkeit auf die nahenden Angreifer. So sah er die gewaltige Gestalt nur noch aus den Augenwinkeln und erahnte mehr als er sah, doch es sah für ihn so aus, als ob der gepackte Vila zu Boden gedrückt und auseinandergerissen wurde, bevor die riesige Gestalt ihren Kopf nach unten beugte und vermutlich zubiss.

„Schieß", rief er.

Der Richter spürte die Energiewelle, die von der Kanone ausging. Er achtete nicht darauf, wohin der Schuss ging. Er ging einfach in den Kampf. Er schlug gleichzeitig mit Karom zu. Zwei Vila taumelten für einen Augenblick zurück und sprangen sofort wieder vor.

Aus den Augenwinkeln sah er, wie Karom herumwirbelte und geschickt mit zwei Schwertern kämpfte. Dann fiel sein Gegner ihn an. Der zweite Schlag mit dem Zepter streifte ihn nur. Er krallte seine Klauen in die Rüstung und brachte Ion zu Fall. Er riss das Maul auf und präsentierte seine scharfen Zähne.

Bero hatte die Kanone fallen lassen. Ion hatte in einem endlos dauernden Bruchteil eines Augenblickes den Eindruck, der Wächter hätte seine Säbel gezogen, noch bevor die Kanone den Boden berührte.

Von beiden Säbeln getroffen schrie der Vila auf, ließ von Ion ab und griff Bero stattdessen an. Er bekam nur dessen Arm zu fassen und biss hinein. Bero ließ einen Säbel fallen.

Ion sprang wieder auf. In einer fließenden Bewegung griff er sich sein Zepter, das auf dem Boden lag, wirbelte herum und schlug auf den Rumpf des Vila ein. Es krachte hässlich. Der Vila fiel zu Boden, machte sich jedoch sofort wieder bereit für einen neuen Angriff.

Noch bevor Ion wieder ausholen konnte, sprang die schwarze Kreatur direkt auf Bero zu. Der sah den Angriff kommen und nutzte den Schwung des Angreifers, um ihn an sich vorbei zu schleudern.

Ion schlug ihn zu Boden. Er drehte sich Karom zu, um zu sehen, wie er mit seinem Gegner zurecht kam. Der Droide durchbohrte seinen aufschreienden Angreifer gerade mit einem Schwert. Blut lief die Klinge hinab. Doch der Vila schlug weiter auf ihn ein. Karom schlug auch mit der anderen Klinge durch den Vila hindurch und nutzte den Schwung, ihn zusätzlich zu Boden zu werfen.

Ion blickte an Karom vorbei und sah weitere drei Vila auf seine Gruppe zulaufen. Bevor er jedoch etwas sagen konnte, packte ihn etwas am Bein. Seine Rüstung war stabil und fest, aber auch flexibel. Der unerbittliche Griff ließ ihn aufschreien.

Er schlug zu, gleichzeitig mit Bero, der wieder beide Säbel in den Händen hielt und mit beiden zustieß. Der Vila rührte sich nicht mehr.

Ion blickte wieder zu den drei Vila, die auf sie zugelaufen kamen und zeigte auf sie. Er versuchte den Super-Vila auszumachen. Wieder entstand dieser aus dem Nichts, erst als Lichtgestalt, dann als reale, todbringende Kreatur. Sie machte den gleichen Angriff wie zuvor, nur diesmal von rechts nach links. Wieder packte sie einen Vila und überrannte einen der beiden anderen. Das Opfer wurde mit unglaublicher Gewalt gegen die Stadtmauer geschleudert und mit der anderen riesigen Pranke an der Mauer zerdrückt. Der Lichtrahmen um den Vila herum erlosch augenblicklich. Gleichzeitig wurde der Super-Vila wieder unsichtbar.

Karom fing den ersten ankommenden Vila ab. Der zweite Vila machte aus dem Lauf heraus einen riesigen Sprung über den Droiden hinweg. Ion wunderte sich darüber, wie schnell er sich darauf einstellte und das Zepter schwang. Die Waffe entlud sich und traf den Vila in der Luft. Sein Flug verlängerte sich und er landete unkontrolliert auf einem großen Stein hinter ihnen.

Aus den Augenwinkeln sah er, dass Bero schon wieder die große Kanone geschultert hatte und den Vila ebenfalls aus einer fast unmöglich anmutenden Geschwindigkeit und Präzision voll ins Visier genommen hatte. Im vollsten Vertrauen schloss Ion für einen kurzen Moment die Augen, bis die starke Energiewelle des Schusses ihn durchdrang.

Der Richter sah nicht nach, was aus dem Vila geworden war. Er drehte sich um und erblickte den Super-Vila, der mit großen Schritten auf die Gruppe zukam. Ein normaler Vila wollte an ihm vorbeirennen, doch die gewaltige Kreatur ergriff diesen einfach im Laufen, hatte ihn wohl ganz genau kommen gespürt, und zerquetschte dessen Brustkorb. Ohne einen Schrei von sich geben zu können, starb der Vila augenblicklich.

Ion und Bero hatten bei diesem Anblick nur noch den einzigen Gedanken, sich so schnell sie konnten und so lange sie noch lebten vom Dorf zu entfernen, um den Super-Vila von dort wegzulocken, bis er sie mit wenigen großen Schritten einholen würde.

Karom hingegen stürmte auf die Kreatur zu und griff an. Er landete ein paar leichte Treffer, fügte dem gewaltigen Wesen ein paar Schnitte zu und hielt sie kurz auf. Dann wurde er gepackt und umher geschleudert, schließlich weggeworfen.

Der Super-Vila nahm die Verfolgung auf. Nur wenige Augenblicke lagen zwischen ihm und seiner Beute.

Ion und Bero drehten sich um und sahen ihr Schicksal besiegelt.

„Wenn uns jetzt keine höhere Macht hilft: Bero, leb wohl", sagte Ion und fiel auf die Knie. Bero sah auch keinen Sinn mehr in der Flucht, kniete sich zu seinem Freund und legte ihm eine Hand auf die Schulter.

Der Schwarze Drache stürzte geradezu vom Himmel. Es hörte sich an, als ob eine Baumgruppe unter ihm zerquetscht würde, bevor er auf dem Boden aufschlug.

Ion und Bero fiel die Kinnlade runter. Sie saßen da wie erstarrt.

Der Schwarze Drache erhob sich wieder in die Luft. Bero fasste sich wieder. „Danke, höhere Macht", rief er aus vollem Halse, stand auf und winkte dem Drachen hinterher. Dann half er Ion wieder auf die Beine. „Los, weiter", forderte er den Richter auf. Der nickte. Bero motivierte ihn. „Das war gar nicht so schwer. Den nächsten schaffen wir alleine!", sagte er im fröhlichen Tonfall.

Sie vermieden es, sich die Stelle genau anzusehen, an welcher der Super-Vila vom Schwarzen Drachen in den Boden gestampft worden war und suchten sich ihren Weg zurück in die Schlacht.

Sie entdeckten Karom wieder, der alleine gegen Vila kämpfte. Diese unterschieden sich jedoch von den anderen. Sie hatten eher eine bläuliche Färbung, waren geringfügig größer, bewegten sich aber geduckter, hatten längere und kräftigere Gliedmaßen und ihre Knie schienen auf der Rückseite der Beine zu sein: Ihre Beine waren weniger wie die von Menschen sondern mehr wie die von Vögeln.

Zwei hatte Karom bereits besiegt, gegen zwei weiter kämpfte er noch. Ion und Bero gaben sich alle Mühe, ihm schnellstmöglich beizustehen, doch als sie bei ihm ankamen, hatte er auch die anderen zwei Vila zu Fall gebracht.

Bero fand seine Kanone wieder und nahm sie auf.

„Schön, dass ihr wieder da seid", sagte Karom. Eine riesige Pranke wurde um seinen Torso sichtbar. Einen Augenblick lang zeigten die Helme eine große Lichtgestalt, bevor sie hinter dem weißen Droiden sichtbar wurde: ein weiterer Super-Vila. Er schrie auf.

Die Pranke schloss sich fest um Karom zusammen. Seine Rüstung krachte unter dem Druck. Wie ein Spielzeug wurde er gegen die Stadtmauer geworfen, ohne dass der Super-Vila sich dazu von Ion und Bero wegdrehte.

Geistesgegenwärtig feuerte Bero seine Kanone ab. Der Schuss traf und schlug in die Schulter der riesigen Kreatur ein. Schmerzerfüllt schrie sie auf und fasste sich mit der Pranke an die verletzte Schulter. Sie trat nach Ion, der ausweichen konnte. Sie versuchte, den Richter in den Boden zu stampfen. Wieder konnte Ion dem tödlichen Angriff entgehen und schlug sein Zepter gegen das Bein des Angreifers, was jedoch keinen Effekt zeigte. Mit Schwung trat die Kreatur nach Bero, der darauf wartete, dass die Kanone wieder einsatzbereit wäre.

Der Tritt traf und beförderte Bero mehrere Meter durch die Luft, bevor er mit dem Rücken gegen einen großen Stein prallte. Die Kanone fiel dabei zu Boden.

Mit drei großen Schritten war der Super-Vila bereits bei Bero und holte zu einem Stampftritt aus, um Bero an dem Stein, an dem er lag, zu zerquetschen.

Ion riss die Kanone an sich und schoss, so schnell er konnte, ohne dabei auf sein Gleichgewicht zu achten. Der Schuss riss ihn zu Boden. Aber er traf auch den Rücken des Super-Vila.

Die Kreatur schrie ihren Schmerz heraus, trampelte Bero unkontrolliert in den Boden und stürzte über ihn hinweg. Karom kam mit einem riesigen Satz angesprungen, um der Kreatur endgültig den Todesstoß zu versetzen.

Ion ließ die Kanone fallen und eilte zu Bero. „Guter Schuss", stöhnte der. Blut lief ihm aus dem Mund. Sein Helm hatte einen Sprung von vorne bis hinten.

„Bist Du verletzt?", fragte der Richter alarmiert.

„Mir tut alles weh", antwortete der Wächter und bewegte nur leicht seine Gliedmaßen. „Ich glaub, ich kann nicht mehr aufstehen", sagte er schließlich.

„Bring ihn ins Dorf", schlug Karom vor. Dann rannte er los, um zwei weitere Vila abzuwehren, die sich näherten.

Ein Gleiter schoss über ihre Köpfe hinweg durch die Luft. Sie hatten dieses Fluggerät noch nie gesehen. Es passten höchstens zwei Menschen hinein. Sie beachteten es nicht weiter.

„Los – komm, Großer", forderte der Richter seinen Freund auf, „wir müssen hier weg! Mach Dich nicht so schwer!"

Er legte Beros Arm um seine Schultern und schleppte ihn zum Tor. Bero war nicht in der Lage, sich auf eigenen Füßen zu halten. Blut tropfte aus seinem Helm.

Das Tor glitt auf. Jäger warteten auf der anderen Seite und nahmen sie sofort in Empfang. Das Tor glitt wieder zu.

„Mir kitzelt die Nase", stöhnte Bero und nieste. Der Helm zerbrach in zwei Teile, die zu Boden fielen. Sein Gesicht war übersät mit Wunden. Ion wollte gar nicht wissen, wie er unter der Rüstung wohl aussah.

Mehrere Tragen standen bereits am Tor. Bero wurde auf eine gelegt und zur medizinischen Station gebracht, die nur wenige Meter entfernt war.

Ion begleitete ihn, kam jedoch nicht bis zum Eingang des Gebäudes. Sein Helm zeigte ihm, wie sich eine große Lichtgestalt nicht weit von ihm entfernt aus dem Nichts materialisierte. Das Licht verwandelte sich in den schwarzen Panzer eines Super-Vila.

„Sucht alle Schutz – sie sind im Dorf!", schrie Ion. Er rannte mit dem Mut der Verzweiflung auf die große Kreatur zu und schwang sein Zepter. Die Gestalt nahm ihn ebenfalls wahr und steuerte auf ihn zu. Hinter dem Rücken des Super-Vila näherte sich der kleine Gleiter.

Ion fragte sich, ob dies der letzte endlose Moment war, der sich ihm bot. Eine gewaltige Pranke griff nach ihm. Alles um ihn herum wurde immer langsamer. Ion dachte an seine Eltern, an Shana, seine Freunde und die schönen Erfahrungen, die er hatte erleben dürfen. Eine endlose Dankbarkeit und Zufriedenheit machte sich langsam in ihm breit, bis er ganz davon erfüllt war.

Dann war da kein Denken mehr. Nur blaue Blitze. Und ein gewaltiges Gewicht, unter dem Ion begraben und in die Dunkelheit geführt wurde.

Der Frieden wurde gestört. Erst waren es nur ein paar bunte Punkte, die wie Feenstaub umherwirbelten, und das war noch schön anzusehen. Dann wurde daraus langsam ein unangenehmes Licht. Es brachte Stimmen mit sich. Für eine Ewigkeit murmelten sie nur unverständlich vor sich hin, aber schließlich schienen sie eine Barriere zu durchbrechen.

„Ist doch gut", antwortete eine vertraute Stimme auf eine nicht gehörte Frage. „So richten sie eine Weile lang keinen Schaden an."

„Erom", identifizierte Ion die Stimme.

„Ausgeschlafen?", fragte der Droide.

„Nein, ich fühl mich noch ganz schwer und müde", antwortete der Richter. „Ich kann mich gar nicht bewegen. Ich kriege nicht mal die Augen auf."

„Das liegt an den Substanzen, die wir Dir ins Blut pumpen, damit Du endlich mal ruhig bist", sagte eine weibliche Stimme neckisch.

Ion musste einen Augenblick lang überlegen. „Floria", sagte er schließlich.

In kleinen Schritten kamen Erinnerungen zurück. „Wie läuft der Kampf?", fragte der Richter besorgt.

„Geroda ist sicher", erwiderte Floria in beruhigendem Tonfall.

„Die Einheiten kümmern sich nun um Feuertal und Liberin", erklärte Erom.

„Bero auch?", fragte Ion.

„Nein, der liegt hier neben Dir", antwortete Floria.

„Wie geht es ihm?", wollte Ion wissen.

Er bemerkte das Zögern. „Ihr habt beide viel abbekommen", druckste die Medizinerin herum.

„Ist das nicht erstaunlich?", lenkte Erom ab. „Von einem so großen Vila erschlagen zu werden, hat Euch beiden exakt die gleichen Verletzungen zugefügt."

„Was für Verletzungen?", hakte der Richter nach. Er lauschte ein paar Augenblicke und sagte dann: „Ich höre, dass Du mich am Arm berührst, Floria, aber ich fühle nichts."

„Was *den* Arm betrifft: Das liegt an der Medizin", sagte Erom.

Ion hörte die Betonung. „Und der andere Arm?", fragte Ion. „Lasst Euch nicht alles aus der Nase ziehen!"

Floria seufzte. „Du hast einen Arm und ein Auge verloren", sagte sie schließlich mit fester Stimme.

„Oh", sagte Ion.

Eine kurze Pause entstand.

„Jetzt kann ich mein Armband nicht mehr gleichzeitig tragen und bedienen", fiel Ion dazu ein.

„Keine Panik. Du bekommst einen neuen Arm", entgegnete Erom.

„Gut", sagte Ion.

„Ruhe! Hier versucht jemand zu schlafen", knurrte Bero.

„Bero", freute sich Ion. „Bist Du auch schon wach?"

„Schon viel länger als Du", antwortete der Wächter. „Jetzt bin ich wieder müde!"

„Ja, ruht Euch mal schön aus", sagte Floria. „Eure Körper wurden ganz schön zerquetscht und zerbrochen und müssen sich jetzt erstmal eine Weile erholen. Deswegen könnt Ihr Euch auch nicht bewegen, sonst würdet Ihr Euch selber schaden."

„In Ordnung", lenkte Ion ein. „Erom, warst Du das eigentlich in dem kleinen Flieger?", fragte er noch.

„Ja", antwortete dieser.

„Danke", sagte Ion.

„Keine Ursache."

„Schickt Ihr bei Gelegenheit noch Shana zu mir?"

Eine längere Pause entstand.

„Ja, bei Gelegenheit", antwortete Erom schließlich.

„Was ist los?", fragte Ion alarmiert.

„Nun, wir müssen sie zuerst finden, aber dann bringen wir sie umgehend zu Dir", erklärte der Droide.

Ion riss die Augen auf. Er sah, wie Erom vor ihm stand, auf ihn zeigte und sagte: „Der hier braucht mehr von dem Zeug!"

Dann verschwanden die Sorgen wieder für eine Weile und die angenehme Dunkelheit kehrte zurück.

*

Ion öffnete die Augen. Er sah gleichzeitig deutlich und verschwommen, doppelt, teilweise verzerrt. Floria und Bero standen vor ihm. Er spürte die Schale, in der er lag; eine Fläche wie ein großer Tisch, nur dass er eine Vertiefung besaß, die sich perfekt an Ions Körperform angepasst hatte und ihn so in einer bestimmten Position hielt. Ion stellte fest, dass er sich bewegen konnte.

„Langsam", mahnte Floria mit sanfter Stimme und einem leichten Lächeln.

Der Richter versuchte aufzustehen. Die Sinneseindrücke, die er dabei erhielt, erschienen ihm fremd und ungewohnt. Er schaute sich den rechten Arm an, der sich seltsam anfühlte. Er bestand aus matt glänzendem Metall in Blau und Silber. Während Ion Daumen und Zeigefinger testweise gegeneinander drückte, sah er, wie das Metall sanft nachgab, sich leicht verformte, so wie die echten Finger einer echten Hand. Er spürte es sogar, auch wenn es sich sonderbar anfühlte.

Bero stellte sich neben ihn, um ihm beim Aufstehen zu helfen. Sein rechter Arm war rot und silbern. Er war an Beros Statur angepasst und kräftiger als Ions Arm.

„Du hast einen Arm und ein Auge verloren", sagte Floria sanft.

„Ja, ich erinnere mich. So etwas sagtest Du schon mal", erwiderte der Richter.

„Dein ganzer Körper hat sehr viel abbekommen", fuhr Floria fort. „Du siehst und spürst es im Augenblick vielleicht nicht, aber Du hast viel Stützgewebe eingesetzt bekommen. Es hält Dich sozusagen zusammen, bis deine Knochen, Muskeln und Sehnen wieder vollständig verheilt sind. Du solltest Dich eine Weile lang sehr vorsichtig bewegen und Dich nicht überanstrengen. Das Stützgewebe wird sich mit der Zeit selber abbauen."

Ion schaute zu Bero auf. Der grinste ihn an, als wüsste er, wie sein Freund auf diese Worte reagieren würde. Der Richter wollte aufstehen, aber sein künstlicher Arm stützte ihn nicht so, wie er es erwartet hätte. Er rutschte ab. Bero hielt ihn sanft fest.

„Du musst erst noch lernen, mit deinen Prothesen umzugehen", erklärte Floria. „Es wird einige Tage dauern, bis sie voll funktionieren."

„Wo ist Shana?", fragte Ion.

Floria öffnete den Mund, aber ihr Blick sagte ihm bereits alles.

„Wir gehen sie jetzt suchen", sagte Bero mit einem frechen Grinsen und hielt Ion die linke Hand hin.

„Also, Ihr habt mir wohl nicht zugehört", protestierte Floria laut und energisch. „Euer Verstand wurde offensichtlich in schwere Mitleidenschaft gezogen! Ihr seid noch immer schwer verletzt. Ihr vertragt jetzt keine Anstrengung. Eure Prothesen arbeiten noch nicht zuverlässig. Ihr braucht Ruhe, sonst bringt Ihr Euch in ernsthafte Gefahr!"

Ion ließ sich beim Aufstehen von Bero stützen. „Floria", sagte er sanft und schüttelte leicht den Kopf. „Ich danke Dir für alles, was Du getan hast. Aber ich kann hier nicht ruhig liegen bleiben, wenn Shana vielleicht in Gefahr ist."

Floria verzog ihre Miene, Protest und Widerspruch standen ihr deutlich ins Gesicht geschrieben – aber sie sagte nichts. Sie wandte sich ab, dann ging sie zu einem Regal und zog zwei Kisten heraus. „Hier sind Eure Sachen", sagte sie in einem unwilligen Tonfall.

Dann kramte sie in einem Schrank und zog eine kleine Dose heraus. Unachtsam warf die Medizinerin diese in eine der Kisten. „Eine Packung

Schmerzpflaster", kommentierte sie. „Ich nehme an, Ihr wisst, wie man damit umgeht."

Dann verließ sie den Raum, ohne die beiden noch einmal anzusehen.

Ion und Bero schauten sich gegenseitig an und sahen trotz der verschwommenen Sicht Schuldgefühle im Gesicht des jeweils anderen. Dann gingen sie zu ihren Kisten und zogen sich an.

*

Die beiden gingen in ihrer Kampfrüstung, aber ohne Helm, durch das Dorf zum Ratsplatz. Hier hatte eine schwere Verwüstung stattgefunden. Die Tech-Säule war zerstört und der Boden war aufgerissen bis hinab in die Technik-Tunnel, die unter dem Ratsplatz entlang liefen.

„Ich vermute, Kessaya hat hier ein paar Vila zerquetscht", meinte Bero.

„Das reicht bei weitem nicht aus, um diese Schäden zu erklären", widersprach Ion kopfschüttelnd und näherte sich den Spalten im Boden, um einen Blick in die Tunnel zu werfen.

„Geh nicht zu nah ran", mahnte Bero, „sonst fällst Du noch runter, und dann müssen wir uns wieder von Floria ausschimpfen lassen. Ich vor allem, weil ich nicht auf dich aufgepasst habe."

Ion lächelte zu ihm rüber. In dem Augenblick gab der Boden unter seinen Füßen nach und er stürzte in die Tiefe.

„Ion", rief Bero besorgt und ließ jede Vorsicht hinter sich bei dem Versuch, seinem Freund zur Hilfe zu eilen. Auch unter ihm stürzte der Boden ein und er fiel in die Höhle, in die sie schon einmal von Morafey geführt wurden. Hier befand sich der untere Teil der Tech-Säule.

Wie durch ein Wunder waren die beiden unverletzt.

Die Höhle war ebenfalls verwüstet worden. Kreaturen mussten hier gewesen sein, um die technischen Vorrichtungen gezielt zu beschädigen und zu demontieren. Die meisten technischen Bauteile aus der Tech-Säule lagen zerstört und verstreut auf dem Boden. Auch die Kommunikationseinrichtung in ihrer Nische war nicht mehr zu gebrauchen.

„Ich versteh das nicht", sagte Ion. „Es sieht aus, als ob dieser Bereich ganz gezielt und absichtlich zerstört wurde. Aber Tiere sind zu sowas nicht fähig – glaube ich. Und von Vila hätte ich das auch nicht gedacht – bis jetzt. Nur warum sollten sie das überhaupt tun?"

„Um uns zu schaden?", mutmaßte Bero.

Ion schüttelte den Kopf. „Die Kreaturen, gegen die wir vor den Toren gekämpft haben, wirkten alles andere als vernünftig und berechnend. Im Gegenteil – sie schienen vollkommen kopflos zu handeln, außer sich vor Rage oder vor Panik, sogar das eigene Überleben war ihnen gleichgültig. Was hat das ausgelöst? Ist es etwa die Technik? Machen *wir* die Tiere verrückt?"

Bero presste die Lippen zusammen. Er hatte keine Antwort darauf. Er schaute sich um, als könnte er die Antwort auf dem Boden liegend finden.

„Wir sind doch auch Tiere", meinte er schließlich. „Wir werden von Technik nicht verrückt. Wenn doch, sind wir beide die nächsten, die durchdrehen."

Er hob seinen künstlichen Arm und zeigte mit seinem natürlichen darauf, dann zeigte er auf sein rechtes Auge. Ion nickte und schaute sich ebenfalls weiter um.

„Sie waren wohl nicht nur hier in der Höhle", sagte er nach weiteren Betrachtungen. „Dieser Gang hier ist auch schwer verwüstet."

Er betrat den Gang, an dessen Wand bis kürzlich noch Rohre und Leitungen entlanggelaufen waren. Nun waren sie gewaltsam zerrissen. „Und mit welcher Kraft –", fing er an und stockte dann. „Da hinten ist sogar die Wand zerstört", rief er ungläubig und näherte sich der Stelle.

„Mir ist etwas schwindelig", erwähnte Bero, während er sich zu Ion bewegte. „Muss an dem Auge liegen."

„Vielleicht gehst Du Dich lieber wieder ausruhen", schlug Ion vor.

Bero lachte. „Dein Verstand ist wohl wirklich in Mitleidenschaft gezogen worden", sagte er mit den Worten und der Betonung Florias.

Ion schaute durch den Spalt in der Wand. „Dahinter ist eine Höhle", erklärte er aufgeregt und ging einen Schritt zur Seite, um Bero auch einen Blick hineinwerfen zu lassen. Der hielt sich am Rand des Spalts fest und steckte seinen Kopf hindurch.

„Oh", rief er. „Ich habe gerade ein ziemlich klares Bild. Kann das künstliche Auge im Dunkeln besser sehen als das normale? Die Höhle sieht aus, als wäre sie natürlich entstanden, aber sie wurde auf jeden Fall bearbeitet! Sie geht anscheinend tief hinunter, aber es gibt dort offenbar kein Licht."

Er stockte. „Doch! Da unten leuchtet etwas. Oder ist das nur mein Auge? Schau Du nochmal!"

Ion steckte seinen Kopf durch den Spalt. „Ja, da unten bewegt sich ein Licht", bestätigte er. Dann drängte er sich durch den Spalt.

„Hey, nicht so schnell", rief Bero alarmiert und hielt Ion am Ärmel seines künstlichen Armes fest, den er gerade noch ergreifen konnte. Der künstliche Arm drehte sich im Ärmel nach oben, sodass er seinerseits Beros Arm ergriff. Dann zog er drei Mal sanft.

„Hm, na gut", grummelte Bero und ließ los, um sich selbst durch den Spalt zu schieben. „Ich sag ja auch bloß, wir sollten uns Lichtquellen beschaffen, aber wer braucht die schon. Wir können ja sowieso nicht richtig sehen."

„Hör auf zu meckern und komm her", forderte Ion, der tiefer in die Höhle vordrang. Der Weg verlief abwärts. Nicht, dass es einen echten Weg gab.

Es gab auch keine Treppen, sie rutschten langsam und vorsichtig schräge Felsen hinab.

„Ist egal, ob wir wieder hinauf kommen, oder?", fragte Bero sarkastisch. „Wollen wir ja gar nicht."

„Wir finden schon einen Weg", entgegnete Ion, ohne sich umzudrehen. „Da unten ist ja auch jemand, der einen Weg kennen muss."

Da sie sich vorsichtig und langsam bewegten, dauerte der Abstieg eine gefühlte Ewigkeit. Sie gingen in winzigen Schritten, rutschten, kletterten und krochen teilweise auf allen Vieren.

Schließlich jedoch erreichten sie relativ ebenen Boden unter den Füßen. Sie schauten sich um. Ihre Schritte und Bewegungen hallten unangenehm, es war fast vollkommen finster, es roch nach alter, trockener Luft.

„Ich hab Durst", erwähnte Bero. „Gibt es hier wohl etwas zu trinken?"

„Ich hab nichts mit", antwortete Ion. „Gib mir mal ein Schmerzpflaster."

„Muss ich mir Sorgen machen?"

„Nein."

Ion nahm das Pflaster entgegen und schob es sich unter die Rüstung. Dann bewegte er sich auf eine Wand zu.

„Die Wand hier ist ungewöhnlich gerade, anders als all die anderen Wände", erläuterte er seine Beobachtung.

Bero fühlte die Wand ab. „Aber genau so grob", entgegnete er. „Nicht weiter bearbeitet."

Ion tastete ebenfalls die Wand ab und ging ein paar Schritte an ihr entlang. „Stimmt, hier ist nichts", sagte er enttäuscht.

„Außer diese Tür", sagte er zu seiner eigenen Überraschung einen Augenblick später.

Bero war sofort bei ihm. Mit gemeinsamen Kräften schoben und zogen sie an der Metalltür, bis sie sich schließlich aufziehen ließ.

Ihnen fielen die Kinnladen herunter, als sie dahinter einen Gang entdeckten. Er war groß und rund, abgesehen von dem Fußboden, der aus einem Metallgitter bestand und mehrere Schritte an Breite maß und abgesehen von dem Bereich mehrere Schritte zu beiden Seiten von der Tür aus, wo der Gang rechteckig war. Er war fast dreimal so hoch wie Bero und erstreckte sich zu beiden Seiten, so weit wie sie gucken konnten. Irgendwie schien der gesamte Gang in ein schwaches, diffuses Licht gehüllt zu sein, obwohl es keine sichtbaren Lichtquellen gab. Die Wände waren aus glattem Metall. Hier hallte es noch stärker.

„Brauchst Du gar nicht zu probieren", sagte Ion mit absoluter Gewissheit in der Stimme, als Bero seinen Arm hob.

„Was?", fragte der verwundert.

„Du willst dein Armband benutzen, um mit jemandem zu kommunizieren oder um herauszufinden, ob es im Aerie-System irgendwelche Aufzeichnungen über diese Tunnel gibt“, erklärte Ion, „aber das wird nicht funktionieren.“

Bero probierte es. „Hast Recht“, bestätigte er schließlich staunend. „Woher wusstest Du das?“

Ion antwortete mit einem Schulterzucken. „Wär doch zu einfach, oder?“

Der Richter stellte sich in die Mitte des Ganges. „In welche Richtung gehen wir jetzt?“, fragte er.

Bero zeigte in die Richtung, die rechts von ihm lag.

„In Ordnung“, willigte Ion ein. „Einfach nur so, oder hast Du einen Grund für diese Richtung?“

„Ich glaube, in die Richtung liegt das Lagerhaus“, erklärte Bero. „Vielleicht gibt es dort eine Verbindung, sodass wir da wieder rauskommen.“

„Gut gedacht“, sagte Ion. „Auch wenn ich glaube, dass das Lagerhaus in der andere Richtung liegt. Egal, eine Richtung ist so gut wie die andere.“

Plötzlich polterte es hinter ihnen auf der anderen Seite der Tür. Etwas fiel hinunter, anscheinend den ganzen Weg von wo sie gekommen waren bis nach unten vor die Tür, mehrfach gegen die Felsen schlagend. Wie erstarrt verharrten der Richter und der Wächter und warteten regungslos ab, was als nächstes passieren würde.

Erst war alles still. Dann regte sich etwas. Ion wollte mit seinem rechten Arm sein Zepter ziehen, doch der Arm schien ihm nicht ganz zu gehorchen, also ließ er es einfach sein und wartete unvorbereitet ab. Bero dachte anscheinend gar nicht erst darüber nach, Waffen zu ziehen.

Ein Gnom kam durch die Tür, ein kniehoher Reparatur- und Wartungsroboter auf vier Beinen. Seine 'Augen' leuchteten rot. Er lief in den Tunnel hinein, erkannte jedoch offenbar, dass er hier im Tunnel auf Rädern fahren konnte, und so klappte er diese unter seinen Füßen aus.

Er lief zwischen Ion und Bero hindurch, ohne die beiden weiter zu beachten. Die rührten sich noch immer nicht und beobachteten den Gnom fasziniert. An der gegenüberliegenden Wand fuhr der Gnom einen seiner Arme aus und werkelte an einer bestimmten Stelle herum, die für den Richter und den Wächter im Dunkeln nicht anders aus sah als jeder andere Teil der Wand. Dann schien er kurz abzuwarten und das Manöver zu wiederholen. Dann noch einmal. Dann drehte er sich um, ging wieder zwischen Ion und Bero hindurch zu einer Stelle neben der Tür. Auch dort werkelte er an einer bestimmten Stelle herum. Ein Wartungsschacht öffnete sich und der Gnom verschwand darin.

„Wir hätten ihn aufhalten sollen", sagte Bero. „Du kannst doch so gut mit Gnomen. Er hätte uns bestimmt gerne hier herumgeführt. Jetzt müssen wir alleine gehen."

Gegenüber der Tür öffnete sich plötzlich ein Tor, das vorher nicht zu sehen gewesen war. Es war mehrere Schritte breit und ging vom Boden bis zur Decke. Dahinter wurde ein großer Raum sichtbar, in dem sanft Licht aktiviert wurde und sich langsam immer mehr erhellte.

Mitten in dem Raum stand ein A-Roll, ein Fahrzeug mit sechs Rädern und einer großen Ladefläche oder Platz für sechs Personen, wenn man die Ladefläche mit wenigen Handgriffen in die entsprechenden Sitze umbaute. „A-Roll 54" war seine Aufschrift. Drei Terminals waren an der Wand des Raumes montiert. Eine Tür führte aus dem Raum hinaus.

„Oder wir fahren einfach", schlug Ion vor.

Der Gnom verließ seinen Wartungsschacht neben der Tür und rollte in den Raum hinein.

Er steckte seinen Werkzeug-Arm in eine kleine Öffnung in der Wand neben der Tür, und die Tür öffnete sich. Dahinter erstreckte sich ein Gang. Ion und Bero schauten neugierig hinein.

Der Gang war lang und sein Ende nicht abzusehen. Ein breiter Quergang war in unmittelbarer Nähe zu sehen. Geräusche wurden lauter. Ion und Bero blickten sich an und schienen stumm zu vereinbaren, dass es auch diesmal sicher wieder in Ordnung wäre, sich nicht auf einen Kampf vorzubereiten. Vielleicht auch deswegen, weil sie sich einfach nicht dazu in der Lage fühlten und hofften, nichts Schlimmes würde passieren.

Eine Gruppe von Gnomen rollten den Quergang entlang. Es mussten etwa dreißig gewesen sein. Einer von ihnen hielt an der Kreuzung an und schaute mit seinen rot leuchtenden Augen in ihre Richtung. Dann drehte er sich wieder weg und fuhr zusammen mit seiner Gruppe weiter. Der Gnom, der die Tür aufgemacht hatte, fuhr in den Gang hinein. Hinter ihm schloss sich die Tür.

„Wie unheimlich", kommentierte Ion. „Hast Du das gesehen?"

„Nein, und Du auch nicht", antwortete Bero. „Jetzt lass uns bloß von hier verschwinden!"

Ion schaltete den A-Roll ein. Die Scheinwerfer des Fahrzeuges leuchteten auf die Tür, auf der sie nun die Aufschrift „Geroda" lesen konnten.

*

[Plog: Jinja, Feuertal]

Ich habe gehört, es gab eine riesige Schlacht in Geroda. Die wilden Tiere dort sollen richtig aggressiv und ohne Verstand gehandelt haben. Im Augenblick wird auch um Feuertal und Liberin gekämpft. Jetzt hab ich auch noch gehört, dass Ion und Bero entweder schwer verwundet wurden oder verschwunden sind. Also, gehört habe ich beides. Aber was stimmt denn nun? Wir haben hier alle Angst. Ist es das Ende? Ion, bitte lass uns nicht allein und hilf uns!

[Kommentar: Kessaya, Liberin]

Jinja, macht Euch keine Sorgen! Wir haben die Situation bald wieder unter Kontrolle. Es ist richtig, dass Ion und Bero verletzt wurden. Aber es geht ihnen schon wieder so gut, dass sie auf eigene Faust herumlaufen. Horngiganten! Bestimmt tun sie aber schon wieder irgendwas, wofür wir ihnen später noch dankbar sein werden. So sind sie nun mal. Alles wird gut!

*

Das Licht des A-Rolls strahlte durch den Gang, durch den sie fuhren. Bero saß neben ihm und schaute ihn immer wieder fragend an, traute sich jedoch offenbar nicht, anzusprechen, was ihm auf dem Herzen lag.

„Raus damit", rief Ion irgendwann, der den Blick nicht mehr ertragen konnte.

Bero zögerte noch einen Augenblick, dann rückte er mit der Sprache raus. „Glaubst Du, dass wir so Shana finden?"

„Ja!"

Bero schüttelte verwundert den Kopf. „Warum?"

„Denkst Du, sie ist in Geroda?", fragte Ion.

Wieder schüttelte Bero den Kopf. „Dann hätten wir das ja gewusst."

Ion nickte. „Glaubst Du, sie ist in Liberin?"

Noch einmal schüttelte Bero den Kopf. „Natürlich nicht. Das hätten wir ja auch erfahren."

Ion nickte wieder. „Feuertal? Tekion?"

Bero schaute ihn nur an. Schließlich schüttelte er minimal den Kopf. Ion blickte zwar nach vorne und sah zudem derzeit nicht besonders gut, aber er bekam es mit.

„Sie ist also an keinem Ort, den wir kennen", fasste Ion zusammen. „Also ist sie an einem Ort, den wir *nicht* kennen. Diesen Ort hier kennen wir nicht."

Beros Gesicht zeigte deutliche Zweifel.

„Hast Du einen besseren Vorschlag?", fragte Ion.

„Nein."

So fuhren sie eine Zeitlang wortlos weiter. Sie gelangten an eine Kreuzung, über die Ion einfach hinweg fuhr. Dadurch fiel ihm jedoch ein, dass A-Rolls mit einem Fahrzeug-Computer ausgestattet sind, der ihre Position überprüfen und anzeigen kann. Er aktivierte ihn.

„Konzentriere Dich darauf, geradeaus zu fahren", schlug Bero vor, „und ich versuche, hier etwas herauszufinden."

Ion zögerte nur kurz und nickte dann. Anschließend konnte er sich doch nur schwer auf den Weg konzentrieren, als er sah, wie schnell Bero die Knöpfe auf dem Computer drückte. Bero bemerkte das und bedeutete ihm mit einer Geste, mehr nach vorne zu schauen. Ein Grinsen konnte er sich dabei nicht verkneifen.

„Ich weiß", sagte er, „dass ich für die meisten nur der große, liebe Horngigant bin. Und für lange Zeit war ich das ja auch. Das hat mir gereicht."

Er drückte eine Weile Knöpfe auf dem Computer und Ion fuhr.

„Und jetzt kennst Du den Unterschied zwischen Worten, die ich nicht mal aussprechen kann und bedienst Computer?", fragte Ion fast im Plauderton, um die aufkeimende Bewunderung nicht allzu sehr durchscheinen zu lassen.

Bero lachte laut. „Korrelation und Kausalität", rief er ausgelassen. „Ja, die Ereignisse auf Tekion haben mir viel zu denken gegeben. Und Du hast mich dort gründlich zurecht gewiesen!"

Ion blickte schuldbewusst zu Bero rüber, der ihm sofort wieder bedeutete, die Strecke im Auge zu behalten.

„Das war ja auch gut und richtig so", gestand Bero ein. „Das habe ich gebraucht. Und nun entwickle ich mich weiter. Lese, lerne, übe den Umgang mit Technik. Ich habe heimlich damit angefangen. Ich habe darauf geachtet, dass es niemand mitbekommt."

Fragend schaute Ion ihn an, bevor er von selbst wieder nach vorne schaute.

„Ich hab mich plötzlich geschämt, der große, dumme Horngigant zu sein", gab Bero zu.

Ion schaute weiter nach vorne, um die Schuld in seinem Gesicht nicht zu zeigen. Außerdem musste er eine Träne unterdrücken.

„Du glaubst ja gar nicht, was vor uns liegt", rief Bero plötzlich und ließ den Bildschirm vor sich nicht mehr aus den Augen.

Ion und Bero stiegen in der Parkbucht aus. Eine Tür in der Wand war beschriftet mit dem Namen „Meditationsresort".

„Erinnerst Du Dich noch?", fragte Ion. „Als wir das letzte Mal von hier weggefahren sind, hat der Computer mir noch angezeigt, dass es hier noch Räumlichkeiten gab, die wir nicht bemerkt hatten."

Bero nickte. „Ich hatte das für einen Computerfehler gehalten", erwiderte er, „aber es war vielleicht absichtlich vor uns versteckt worden. Morafey hat noch vorgeschlagen, wiederzukommen und die Sache zu untersuchen, aber da sind wir ja nicht mehr zu gekommen."

Hinter der Tür führte eine Treppe nach oben, die wiederum an einer Tür endete.

Der Richter öffnete die Tür und marschierte entschlossen hindurch. Er betrat einen kleinen, hell erleuchteten Raum. Er war schlicht eingerichtet, ein Schrank stand in der Ecke und zwei kleine Regale hingen an der Wand. An der Wand gegenüber war ein Terminal mit einem großen Bildschirm montiert. Davor saß ein Mann, der sich erschrocken zu ihm umdrehte und dann aufgeregt auf die Beine sprang. Er hatte keine Haare auf dem Kopf und nur einen dünnen, langen weißen Zopf am Hinterkopf und einen kleinen weißen Spitzbart am Kinn.

Ion ergriff mit seiner natürlichen Hand dessen Arm. „Wo ist sie?", fragte er eindringlich. Der Mann riss sich los und schlug Ion mit der Faust ins Gesicht. Der Richter sah den Angriff nicht kommen; es war die Seite seines künstlichen Auges. Er sah nicht nur Sterne, sondern auch umso stärker doppelt und andere Verzerrungen und Störungen, die von seinem künstlichen Auge herrührten.

Der Mann holte erneut aus. In Ion rührte sich etwas. Es gab ihm eine Kraft, die von ganz tief innen kam. Er bewegte sich kaum und ging das volle Risiko ein, den Arm, dessen Faust auf ihn zugeflogen kam, mit seinem künstlichen Arm abzufangen.

Ion fing den Arm ab. Und drückte zu. Er drückte nicht mit Muskeln zu, er drückte nicht mit Technik zu – er drückte mit Wut zu! Eine ruhige, klare Wut packte den Arm des Mannes so fest, dass dieser mit einem verzerrten Gesicht und einem Schmerzensschrei auf die Knie sank. „Wo ist sie?", fragte er noch einmal ruhig und fest. Der Griff wurde noch stärker. Der Mann fing an zu schreien. Ion riss ihn wieder auf die Beine und wirbelte ihn mit seinem künstlichen Arm herum, um ihn dann mit dem Brustkorb gegen die Wand zu schleudern. Ihm blieb der Atem weg.

Trotzdem wehrte sich der Mann weiter. Mit seinem freien Arm zog er ein kleines Gerät aus der Tasche und schien Ion damit angreifen zu wollen, obwohl er sich so an die Wand gedrückt kaum bewegen konnte. Bero nahm ihm das Gerät mühelos ab. „Was soll das denn?", fragte er mit einem gelangweilten Tonfall und hielt dem Mann seinerseits das Gerät an den Hals. Ohne es zu merken drückte er dabei auf einen kleinen Knopf, der sich am Gerät befand. Der Mann zuckte unkontrolliert. Bero schaute Ion an, als wolle er sagen, dass seine Nerven nun genug strapaziert worden wären. Er nahm das Gerät wieder weg und der Mann sackte in sich zusammen.

Ion deutete mit dem Kinn auf das Gerät in Beros Hand, ohne den Bewusstlosen loszulassen. „Scheint eine Waffe zu sein", sagte er. Bero betrachtete das Gerät mit nachdenklichem Gesichtsausdruck. „Sowas müssen wir uns in den Arm einbauen lassen", sagte er schließlich. „Und Schwertklingen noch dazu. Wie die Droiden. Wozu haben wir denn die Arme?"

Ion musste schmunzeln. Dann nickte er. „Lässt sich sicher machen. Jedenfalls funktioniert mein Arm schon ganz gut, wie es scheint", sagte er und packte den bewusstlosen Mann. „Wir müssen ihn fesseln."

„Hier ist nichts", meinte Bero nach einem schnellen Blick in den Schrank. Zwei Türen führten aus dem Raum heraus. Der Wächter öffnete eine davon und fand dort offensichtlich sofort Seile, klebende Streifen von flexiblem Material und Tuchbeutel. „Was für ein Zufall, dass diese Sachen hier so rumliegen", kommentierte Bero seinen Fund im sarkastischen Tonfall. „Inzwischen würde ich beschwören, dass wir hier richtig sind."

Sie fesselten den Bewusstlosen, drückten ihm einen Klebestreifen über den Mund und Bero zog ihm einen Tuchbeutel über den Kopf. Ion schaute ihn fragend an. „Na, dafür ist der Beutel doch da, oder nicht?", sagte der Wächter daraufhin mit einem Schulterzucken.

Sie trugen ihn in den Raum nebenan, in dem ein Haufen kurzer Seile, Klebestreifen und Tuchbeutel auf dem Boden lagen. Regale, Schränke und Betten füllten den Raum. Zwei weitere Türen führten aus dem Raum heraus.

Bero näherte sich leise und vorsichtig der einen der beiden Türen und versuchte, sie leise zu öffnen. Als sie sich nicht öffnen ließ, schaute er sie nochmal an, entdeckte einen Schließmechanismus unter der Türklinke und drehte ihn langsam herum. Die Tür ließ sich öffnen.

Ion schaute sich genauer im Raum um, bis er Beros unterdrückten Aufschrei vernahm und sofort zu ihm eilte. Hinter der Tür lag jemand auf dem Boden. Es war Terra, die Jägerin in Grün. Sie war bewusstlos und blutverschmiert. Man hatte sie übel zugerichtet.

Bero kniete bereits neben ihr und richtete sie sanft auf. „Sie lebt noch", sagte er erleichtert.

Ion wurde überflutet von Wut. Ihm gingen die gefangenen Horngiganten wieder durch den Kopf, die eine klägliche Existenz in Gefangenschaft erleiden mussten, die wilden Tiere, die mit Hilfe elektronischer Geräte gegen ihren Willen dazu gezwungen waren, zu kämpfen, das Land, das in ein giftiges Ödland verwandelt wurde und all das Leid, das schon verursacht worden war. Er fühlte sich wieder so unaufhaltsam wütend und zu allem entschlossen, wie vor dem Kampf mit Zent.

Sein künstlicher Arm bewegte sich hinter seinen Rücken, um das Zepter zu ziehen. Im ersten Versuch ließ sich der Arm nicht so bewegen, wie erwartet. Ion zeigte seine Zähne und ballte die künstliche Fast fest zusammen, dann zog er das Zepter in einer geschickten und flüssigen Bewegung hervor. Er drehte sich um und verließ den Raum mit festem, zügigem Schritt.

„Ion", zischte Bero ihm hinterher, aber der hörte ihn gar nicht.

Bero hörte, wie der Richter die andere Tür in dem Raum aufriss. Als nächstes hörte er die Geräusche eines heftigen Kampfes. Offensichtlich gingen Einrichtungsgegenstände zu Bruch und mindestens zwei Personen schrien kurz vor Schmerz auf. Der Kampf dauerte nicht lange. Die Tür wurde zugeschlagen und das Betätigen eines Türschlosses war zu hören.

Bero hatte Terra hochgehoben und trug sie aus dem Raum raus. Ion begab sich mit zornigem Blick und ohne sich nochmal zu seinem Freund umzudrehen zurück in den kleinen Raum, in dem noch eine Tür darauf wartete, ihre dahinterliegende Geheimnisse preiszugeben.

„Ion, was machst Du?", rief Bero ihm hinterher.

Der Richter hielt kurz an, drehte sich jedoch nicht zu ihm um. „Ich hol jetzt Shana", erklärte er. „Ich bin sofort wieder da. Bring die Jägerin am besten schon mal runter. Und dann..."

Er stockte und dachte nach. „...fahren wir nach Hause", beendete er seinen Satz. Dann marschierte er weiter.

Bero schaute unschlüssig zwischen Terra und Ion hin und her. Er wollte seinen Freund nicht alleine gehen lassen, aber die bewusstlose, verletzte Frau hier liegenzulassen brachte er auch nicht über sein Herz. Er seufzte und trug sie runter zum A-Roll.

Ion öffnete die Tür, eilte eine weitere Treppe dahinter nach oben und gelangte in einen kleinen Raum mit einem kleinen Terminal und einem kleinen Schrank auf Rollen, der mit Lebensmitteln gefüllt war. Eine Tür an der Wand zu seiner Seite ließ er unbeachtet. Vor ihm war eine große elektronische Tür aus Metall, die sich mit einem Schalter bedienen ließ.

Er betätigte den Schalter und die Tür öffnete sich. Kurzentschlossen zog er den kleinen Schrank auf Rollen in die Türöffnung, damit die Tür sich nicht wieder schließen konnte. Dann schritt er hindurch und erkannte das Quartier, in welchem er bereits mit seinen Freunden übernachtet hatte, als er das letzte Mal hier gewesen war. Er durchquerte den Raum, öffnete die Tür auf der anderen Seite und trat hindurch.

Vor ihm eröffnete sich die ihm bekannte, gewaltige Halle, zum größten Teil ausgefüllt von einem See, die Wände bewachsen mit blumigen Rankenpflanzen und besetzt mit Kristallen, die Decke stellenweise durchlöchert, so dass Sonnenstrahlen in die Halle fielen und Flugtiere jederzeit dort ein- und ausfliegen konnten. Auf der anderen Seite der Halle standen Bäume mit Nüssen und Früchten in künstlich angelegten Gärten.

Sowohl die Luft wie auch das Wasser waren erfüllt mit Leben. Das Klima war warm und feucht. Der Duft der Pflanzen zog sich durch die ganze Halle. Die Akustik war großartig. Jeder Tropfen, der ins Wasser fiel, erschuf scheinbar seine eigene Klangwelt.

In deren Umgebung befanden sich auch mehrere Gedächtnissteine, von denen einige Lebewesen, Pflanzen und Früchte zeigten und beschrieben, die sich hier in der Halle finden lassen sollten, sowie einige Anleitungen von Übungen zum Meditieren, Entspannen und Wohlfühlen.

Es gab eine sprudelnde Quelle von reinem Trinkwasser, die in den See plätscherte. Alles hier war offensichtlich bewusst darauf ausgerichtet worden, eine schöne Zeit zu erleben. Unter anderen Umständen wäre es ein Paradies gewesen. Doch Ion hatte hier keine schöne Zeit. Ion war wütend.

Vor ihm kniete Shana mit dem Rücken zu ihm auf dem Boden, gefesselt und mit einem Beutel über dem gesenkten Kopf. Nur ihre roten Locken schauten heraus.

Links und rechts von ihr standen zwei kräftige, junge Burschen. Sie sahen sich so ähnlich, dass sie eineiige Zwillinge sein mussten. Offensichtlich aßen sie viel und gerne, das sah man ihnen deutlich an, aber sie hatten auch zusätzlich jede Menge Muskelmasse am Körper. Ihre kurzen Haare waren ganz gerade nach oben frisiert. Sicherlich hatten sie Horngel dafür benutzt, also kamen sie ursprünglich wohl aus Feuertal, überlegte Ion. Beide drehten sich gleichzeitig zu ihm um.

Ion überlegte nicht lange. Sein Zepter wirbelte herum und fuhr aus, genau in dem Moment, als er es mit dem linken Arm in die Richtung des einen Burschen stieß. Es traf ihn an der Brust und stieß ihn ein paar Schritte zurück, wo er zu Boden fiel. Währenddessen stürzte der andere wild entschlossen auf ihn zu. Mit seinem künstlichen Arm schlug Ion gezielt auf den Körper und traf genau den richtigen Punkt: der Bursche erstarrte augenblicklich in seiner Bewegung, hielt sich die Hände vor den Körper, klappte zusammen und rang nach Luft.

Erst jetzt bemerkte Ion die drei Personen, die etwas weiter von ihm weg standen. Als erstes fiel ihm das Kind in der Mitte auf. Für den Bruchteil eines Augenblickes schien sein Herz nicht weiterschlagen zu wollen. Er weigerte sich, zu erkennen, wen er da vor sich sah. Links von ihm stand ein kleiner, stämmiger Mann mit langen braunen Haaren und einem Vollbart. Rechts von ihm stand eine kleine, zierliche Frau in einem roten Kampfanzug. Ihre Haare standen aufrecht nach oben, wie die Haare von Samush. Beide hatte Ion schon kurz in der Anlage im Ödland gesehen. Sie beide hielten große, schwere Kanonen in ihren Händen.

„Mein Plan hat funktioniert. Ist das der Mann, der meinen Vater getötet hat?", fragte der Junge scheinbar emotionslos.

„Ja", sagte der Mann mit dem Vollbart und nickte einmal kurz und flüchtig. Angst stand deutlich in seinen Augen, als er das sagte und Ion ansah. Vielleicht, weil er wusste, dass Ion mit dafür verantwortlich war, dass die Anlage im Ödland nun nicht mehr existierte und das ganze Gebiet sich in einen tiefen Krater voller Lava verwandelt hatte, vielleicht befürchtete er aber auch, dass Ion sagen würde, er selbst hätte doch auf Zent geschossen. Da ihm Zent vermutlich anschließend nicht mehr begegnet war, dachte er vielleicht noch immer, er hätte ihn versehentlich selber getötet.

All das ging Ion durch den Kopf, doch er hatte keine Gelegenheit, sich zu äußern.

„Tötet ihn", befahl das Kind mit eisig kalter Stimme.

Der Mann und die Frau schulterten ihre Kanonen. Ion ärgerte sich in diesem Augenblick maßlos darüber, dass die Zeit sich dieses Mal nicht zu einer Ewigkeit ausdehnte, wie sie es doch sonst in solchen Situationen immer zu tun pflegte. Er ließ das Zepter fallen, packte Shana und rannte so schnell er konnte zurück durch die Tür.

Es donnerte. Überall war Krach und geisterhaftes blaues Licht, die Welt stand Kopf und schien auseinanderzubrechen. Ion dachte nicht darüber nach und rannte einfach. Er konnte nur mit aller Macht versuchen zu entkommen oder bei dem Versuch sterben.

In der elektronischen Tür stand ein dicker, kleiner Mann mit Glatze, Sonnenbrille, dünnen Armen und Beinen und machte sich offenbar gerade die Hose zu, als Ion mit voller Geschwindigkeit und Shana im Arm auf ihn zukam. Er drückte sich mit dem Kinn eine Handfeuerwaffe gegen die Brust und hielt sie so fest, während er noch seine Hose zu schließen versuchte. Als er erschrocken aufblickte, rutschte die Waffe zu Boden.

Ion bemerkte ihn so spät, dass er für einen Tritt eigentlich schon zu nah dran war. Aber er überlegte nicht. Er hob Shana etwas höher, drehte sie etwas zur Seite und riss das Bein hoch. Sein

Fuß setzte bereits auf der Brust des Mannes auf, dessen vollkommen überraschter Gesichtsausdruck zeigte, dass er überhaupt nicht wusste, wie ihm geschah. Ion stieß das Bein nach vorne.

Der Tritt verletzte den Angegriffenen nicht im geringsten, aber er katapultierte ihn mit Wucht gegen die nächste Wand. Der Aufschlag war so schwer, dass er dabei augenblicklich bewusstlos zusammenbrach. Davon bekam Ion aber schon gar nichts mehr mit. Als der Mann ihm aus dem Weg war, stürmte er einfach an ihm vorbei. Er sprang geradezu halsbrecherisch die Treppen runter und kam schließlich unten in der Parkbucht an.

Mit dem Schwung, mit dem er ankam, aber gleichzeitig auch mit größter Vorsicht hievte er Shana auf die Transportfläche des A-Roll, zog ihr den Beutel vom Kopf, löste den Klebestreifen von ihrem Mund und küsste sie.

Terra lag ebenfalls auf der Transportfläche. Sie war wieder bei Bewusstsein und hatte sich mit Beros Hilfe schon etwas Blut aus dem Gesicht wischen können. Sie war gründlich zusammengeschlagen worden, aber es ging ihr trotzdem soweit gut.

„Wir müssen jetzt sofort los", sagte Ion knapp in einem Tonfall, der keinen Widerspruch duldete, sprang hinter das Steuer und startete das Fahrzeug. Er fuhr dann aber doch erst einmal sehr langsam und vorsichtig einen sanften Bogen in der Parkbucht und brachte den A-Roll schließlich vernünftig in die Spur, bevor er anfing zu beschleunigen.

Unterwegs konnte Bero dann Shana mit einem Messer von ihren Fesseln befreien. „Wie habt Ihr uns gefunden?", fragte Terra unterwegs.

„Glück", antwortete Bero schlicht mit einem Grinsen und einem Schulterzucken.

„Intuition", antwortete Ion.

„Was ist das hier für ein Tunnel?", fragte Shana.

„Wissen wir nicht", antwortete Bero mit einer Geste der Hilflosigkeit.

„Ein alter Verbindungstunnel", antwortete Ion.

Bero schaute ihn sprachlos an. Dann überlegte er kurz und stimmte ihm zu. So weit war die Antwort ja offensichtlich richtig.

„Was waren das für Leute, die uns gefangen genommen haben?", fragte Terra.

Alle schauten Ion an. Der schaute kurz zu Bero rüber, ob dieser nicht etwas sagen wollte, aber der Wächter bedeutete ihm mit einer Geste, dass er antworten solle.

„Das waren die Leute, die Zent für seine Zwecke rekrutiert hatte", antwortete Ion schließlich. „Sie hatten Shana entführen wollen, damit ich versuche, sie zu retten. So wollten sie mich in die Falle locken und töten."

„Die werden sich jetzt hoffentlich zerstreuen. Ihr Anführer ist schließlich tot", meinte Bero.

Ion schüttelte den Kopf.

Bero schaute ihn verdrossen an. „Du willst mich doof aussehen lassen!", warf er ihm gespielt verärgert vor.

Ion lachte kurz, aber es klang eher bitter. „Sie haben schon einen neuen Anführer. Es ist Zents Sohn", klärte er sie auf.

„Sein Sohn?", rief Bero ungläubig. „So alt war Zent doch noch gar nicht. Sein Sohn müsste noch ein Kind sein!"

Ion schaute zu ihm rüber und nickte. In seinem Blick lagen düstere Vorahnungen.

Den Rest der Fahrt schwiegen sie gemeinsam und versuchten, die vielen Erlebnisse der kürzlichen Vergangenheit und das neue Wissen zu verdauen und zu verarbeiten.

Schließlich erreichten sie den großen Raum, in dem Ion und Bero das Fahrzeug entdeckt hatten. Ion parkte den A-Roll so, wie er ihn vorgefunden hatte. Sie stiegen aus. Shana ergriff ihn bei seiner rechten Hand.

„Was ist das?", fragte sie mit Angst in der Stimme. „Ein neues Rüstungsteil?"

„Mein neuer Arm", antwortete Ion und schaute ihr in die Augen. „Ich hab meinen rechten Arm und mein rechtes Auge verloren. Bero ebenfalls. Aber halb so wild, die neuen Körperteile sind gar nicht so schlecht."

Dann kippte Ion fast um. Er stolperte gegen Bero, der ihn festhielt.

„Eigentlich sind wir beide im Kampf um Geroda ziemlich zerquetscht worden", erklärte Bero vorsichtig, „und werden jetzt hauptsächlich von Stützgewebe zusammengehalten. Wir bräuchten eigentlich mal einen freien Tag, um innerlich wieder zusammenzuwachsen. Aber Ihr wisst ja, wie das ist. Wir sind gefragte Typen!"

Er grinste breit und blinzelte Terra zu. Er freute sich darüber, dass sie beeindruckt wirkte.

„Dann nichts wie nach Hause", ordnete Shana ernst an.

„Ja, gute Idee", entgegnete Ion und rappelte sich wieder auf. „Wir müssen nur noch einen Weg finden. Der Weg, auf dem wir gekommen sind, war von dort nach hier schon schwierig. Aber von hier nach dort würde sicher noch etwas anstrengender werden."

„Ich glaube", meinte Bero gespielt unschuldig und legte eine Hand hinter ein Ohr, als ob er lauschen würde, „ich höre da bereits eine richterliche Intuition, die sich zu Wort melden möchte."

Ion lächelte schwach. Man sah ihm an, dass er dringend Ruhe und Erholung brauchte. Aber hier vor Ort würde er sich nicht hinlegen und ausruhen. Er deutete auf die Tür, durch den der Gnom verschwunden war, der das Tor zu diesem Raum überhaupt erst geöffnet hatte.

„Wir könnten auch einen Blick in die Terminals hier werfen, falls sie funktionieren", sagte der

Richter von Geroda, „aber ich bin ja dafür, dass wir selber losgehen und nachschauen. Schlussendlich haben wir sowieso keine Wahl."

Stumm einigten sie sich und gingen los. Der Gang hinter der Tür war frei, weit und breit waren keine Gnome zu sehen. Sie kamen an den Quergang. Er schien sich zu beiden Seiten genau so lang wie der Tunnel zu erstrecken, den sie mit dem A-Roll entlang gefahren waren.

Geradeaus jedoch liefen sie auf eine Tür zu. Sie sah wichtig aus. Sie war groß, solide und stabil. Ein Rahmen mit Lichtern war drumherum angebracht worden, die Lichter leuchteten jedoch nicht. Ein elektronischer Schalter war neben der Tür angebracht worden.

Bero ging etwas schneller, um den anderen schon mal die Tür zu öffnen. Er drückte auf den Schalter. Nichts tat sich. Er suchte nach einem Mechanismus, um die Tür manuell zu öffnen, fand jedoch keinen. Er schüttelte den Kopf und machte eine Geste der Hilflosigkeit. „Hier ist Ende", sagte er mit Bedauern. „Wir müssen uns einen anderen Weg suchen."

Ion winkte ab und näherte sich mit einem sonderbaren Vertrauen sowohl in seiner Stimme wie auch in seiner Haltung. „Das habe ich mir schon gedacht", behauptete er mit einem schwachen, geheimnisvoll wissenden Lächeln. „Lass mich mal versuchen."

Bero ging zur Seite und schaute seinen Freund skeptisch an. Der Richter lächelte Bero vertrauensvoll ins Gesicht, während er blind den Schalter bediente.

Bero machte große Augen, als er sah, wie das richterliche Abzeichen an Ions Brust aufleuchtete. Die Lichter im Türrahmen leuchteten grün auf. Die Tür öffnete sich nach oben. Ion schaute Bero immer noch mit dem gleichen Lächeln an, als er hindurch schritt.

*

Auf der anderen Seite der Tür ging das Licht an, erst sanft, dann ansteigend, bis der ganze große Raum hell erstrahlte. Im Gegensatz zum kalten Metall, das die Tunnel auskleidete, fanden sie hier einen großen Raum vor, der eine freundliche, warme Verkleidung hatte.

Im Abstand von ein paar Schritten hingen große Streifen von dunkelblauem Tuch mit goldenem Rand an der Wand, auf denen jeweils eine goldene Sternblume zu sehen war, sowie ein kleiner Stern darüber.

Noch vor der Tür hallte es stark, in diesem Raum jedoch gar nicht. Die Akustik war hier sehr angenehm.

Der Boden war mit einem angenehmen, dunkelgrünen Teppich ausgelegt. Ein großer, langer Tisch aus einem massiven, sehr dunklen Holz stand in der Mitte des Raumes. Zwölf bequeme, gepolsterte Stühle aus dem gleichen Holz standen um ihn herum.

Die Seitenwände waren bestückt mit verschiedenen hohen und tiefen Schränken und Regalen. Auf manchen von ihnen standen Schalen, Krüge und Gläser.

Auf der gegenüberliegenden Seite des Raumes stand ein Pult auf einem Podest. Das Pult war aus dem gleichen Holz wie der Tisch und die Stühle, das Podest schien aus einem schwarzen Stein zu sein. Die Front des Pultes zierte das richterliche Abzeichen.

Links und rechts von dem Podest standen Statuen von wilden Tieren, ihnen unbekannte Kreaturen in Ketten, die zahm da saßen. Sie hatten einen muskulösen Körper, scharfe Krallen und große Zähne und waren deutlich größer als Menschen.

An der Wand hinter dem Pult stand die Statue eines Menschen mit Flügeln, der die Arme zu den Seiten ausstreckte und mit friedlichem Blick hinabschaute. Sie war so groß wie zwei Menschen.

In allen vier Ecken des Raumes standen kleine Springbrunnen aus Stein, die mit klarem Wasser leise vor sich hin plätscherten. Bero war der erste, der sich an einem bediente und nahestehende Krüge füllte. Alle tranken etwas davon. Es war frisch und rein.

Ein sanftes Summen begann über ihren Köpfen. Sie schauten hoch und sahen eine geschwungene Decke mit mehreren feinen Gittern, hinter denen das Summen entstanden war.

Hinter dem einen oder anderen Gitter knackte und knisterte es, dann war es dahinter leise. Die eben noch abgestandene Luft wurde angenehm frisch. Dann wurde das Summen noch einmal leiser, fast unhörbar, ohne jedoch ganz zu verklingen.

Auf Höhe des Pultes gab es jeweils eine Tür nach links und rechts aus dem gleichen Holz wie die Tische und Stühle. Neben jeder der Türen war ein kleiner unscheinbarer Verschlag, aller Erfahrung nach für Gnome.

Ion verhielt sich in den Augen der anderen seltsam. Einerseits schrieben sie es dem extremen Stress zu, der Erschöpfung und der fehlenden Erholung, den Verletzungen und dem Verlust von Arm und Auge. Andererseits war da jedoch noch mehr.

Ungläubig lächelnd und hin und wieder leicht den Kopf schüttelnd schlenderte der Richter von Geroda langsam nach vorne zum Pult. Er wirkte dabei, als wäre ihm der Ort vertraut, nur dass er lange nicht mehr hier gewesen war. Die anderen hatten sich vorerst genug im Raum umgesehen und zogen es vor, ihren Freund zu beobachten.

Ion stellte sich an das Pult und fasste es mit beiden Händen an. Er erspürte, dass sich zu jeder Seite des Pultes eine kleine, fast unsichtbare Stelle befand, die sich wie ein Schalter hineindrücken ließ. Er betätigte erst den einen, dann den anderen, dann beide zusammen. Schließlich schob sich auf der Unterseite des Pultes eine Holzfläche zu ihm heraus. Die anderen sahen nur, wie er darauf herumtippte, als handelte es sich dabei um ein Terminal. Schließlich schob er das Pult wieder zusammen.

Der Richter ahmte die Haltung der hinter ihm stehenden Figur nach und breitete die Arme aus. Feierlich erklärte er mit fester Stimme: „Hiermit berufe ich die seit langer Zeit erste erneute Sitzung des geheimen Ordens ein. Leider sind wir heute nicht vollzählig. Ich hoffe, das nächste Mal werden wir alle hier sein."

Die anderen setzten sich und schauten Ion und sich gegenseitig unsicher an.

„Was denn für ein geheimer Orden?", fragte Terra.

Ion schien eine Idee zu haben. „Ich bin sicher", sagte er, „wir können deine Verletzungen hier irgendwo behandeln. Es muss eine medizinische Station in diesen Räumlichkeiten geben."

Terra winkte ab. „Geht schon wieder", sagte sie. „Erzähl uns lieber, wovon Du sprichst."

Eine Spur von Ärger schien auf Ions Gesicht aufzuflackern. „Ich ziehe es vor, Fragen zu stellen", entgegnete er.

„Zum Beispiel: Warum kennt niemand diesen Ort?"

Bero zuckte mit den Schultern. Ein Stich durchfuhr ihn dabei an der Schulter seines künstlichen Armes und er zuckte etwas zusammen. „Er wurde verschüttet und geriet in Vergessenheit."

„Welchem Zweck dient er?", fragte Ion mit Feuer in den Augen.

„Schnelle Reisemöglichkeiten?", fragte Shana unschuldig zurück.

Ion schnipste mit einem Finger und zeigte auf Shana. „Stimmt, das vielleicht auch!"

Die anwesenden Frauen waren bei der Konfrontation mit Zent nicht dabei gewesen. Bero schon. „Du meinst also", schlussfolgerte er, „dass dies der Raum ist – oder vielleicht einer der Räume – in dem die geheime Organisation, von der Zent gesprochen hat, sich getroffen hat?"

Ion nickte und zeigte auf die Front des Pultes. „Eine Kontroll-Instanz", sagte er und begann, mit den Fingern zu zählen. „Geheime Räumlichkeiten, geheime Verbindungstunnel, wer weiß wo sie überall hin führen, die Räumlichkeiten unter der Meditationshöhle, die der Computer nur zufällig angezeigt hatte, als sich dort vermutlich gerade die geheime Tür geöffnet hatte, das Volk der Engel, das keiner kennt. Auf Tekion gab es ebenfalls Hinweise auf Dinge, die wohl nicht jeder verstehen sollte. Selbst, wenn man sie sieht oder davon hört, schöpft man erst einmal keinen Verdacht und so war das wohl auch gedacht. Deswegen müssen uns Morafey und Naga bei der nächsten Sitzung nochmal genau darüber berichten. Wir müssen uns das alle nochmal anschauen! Übrigens habe ich Naga gerade darüber informiert, dass es uns allen gut geht."

„Die Tech-Säule ist doch kaputt", wunderte sich Bero.

„Wir haben hier unten wohl andere Möglichkeiten", entgegnete Ion abwinkend, als wäre das eine Selbstverständlichkeit. „Schließlich haben wir hier auch Energieversorgung, ohne dass wir uns darum gekümmert hätten", fügte er mit einem Schulterzucken hinzu.

Das Pult unter seinen Händen vibrierte leicht und unauffällig. Er betätigte wieder die beiden

Knöpfe, ließ die Holzfläche wieder herausfahren und schaute einen Augenblick lang darauf. „Schöne Grüße", sagte er schließlich.

„Nächste Sitzung?", fragte Terra nach. „Das heißt, Du willst diese Geheimorganisation wieder zum Leben erwecken?"

Eine Pause entstand. Ion wand sich fast wie ein Fisch an Land.

„Es hätte auf jeden Fall Vorteile, diese vorhandenen Strukturen der alten Geheimorganisation vorerst weiterhin geheim zu halten und als solche zu nutzen", erwiderte Ion. „Solange es dort draußen Leute gibt, die uns Schlechtes wollen, haben wir mit diesem geheimen Raum, den Verbindungswegen und sicher auch anderen noch unentdeckten Möglichkeiten einfach eine Kralle mehr an der Pfote!"

„Aber Zent kannte offensichtlich schon die geheimen Räume unter der Meditationshöhle", entgegnete Bero. „Seine Organisation kennt diese Strukturen vielleicht bereits besser als uns lieb ist."

Ions Gesicht verfinsterte sich. Er nickte. Dann erschien ein dünnes Lächeln in seinem Gesicht, das wenig mit Freude zu tun hatte.

„Ich hab schon eine Idee, wie man das herausfinden kann", verkündete er, „und dann ändern kann! Aber alles zu seiner Zeit. Als erstes berufen wir ein Treffen mit allen ein, die wir einweihen wollen: Alle Richter müssen dabei sein, Naga und Morafey sind unverzichtbar, Manjaro vielleicht auch. So wie ich Kessaya kenne, müssen wir ebenfalls den jungen Techniker teilhaben lassen. Aber ein Techniker wird uns schon nützlich sein."

„Wirklich?", fragte Bero mit unzufriedener Miene. „Muss Samush wirklich mit dabei sein, nur weil er Richter ist? Vielleicht will er das ja gar nicht oder hat ganz andere Vorstellungen davon, was hier passieren soll. Und wer sollte ihn aufhalten, wenn er anderen von all dem hier erzählen will?"

Ion lächelte verständnisvoll. „Auch Samush hat noch Entwicklungspotenzial. Ich bringe ihn schon auf den richtigen Weg – ich weiß bereits, wie."

Eine kleine Lichtgestalt erschien auf dem Pult. Alle erschraken sich.

„Neo Bunny", sprach Ion das Holo-Wesen an. „Hast Du den Angriff auf die Tech-Säule gut überstanden? Du dürftest gar nicht hier sein! Aber wer könnte Dir schon etwas verbieten?"

Das Holo-Wesen ignorierte die Kritik, kratzte sich kurz hinter einem seiner langen Ohren und begann sich dann zu putzen. Als Projektion eines Computerprogramms, das lediglich aus Licht und Schall bestand, hatte es das nicht nötig, aber so war es halt programmiert.

„Gibst Du dann den anderen Nachricht, dass sie hierher kommen sollen?", fragte Bero. „Und sollen sie etwa den gleichen Weg nehmen, den wir gekommen sind?"

„Keine Nachrichten", rief Ion alarmiert und machte eine abwehrende Geste. Die anderen erschraken dabei wieder. „Wir sagen es ihnen ausschließlich persönlich", sagte der Richter und überlegte. „Für das Nachrichtensystem sollten wir uns vielleicht eine Methode überlegen, wie wir miteinander sprechen können, ohne dass andere Leute – oder Systeme künstlicher Intelligenz – verstehen, wovon wir reden."

„Jetzt wird es aber kompliziert", beschwerte sich Terra.

„Wir müssen die Räumlichkeiten hier erkunden und herausfinden, welche Möglichkeiten es gibt, hierher zu kommen", plante Ion weiter. „Ich werde hier vielleicht ein Lager aufschlagen und die Umgebung hier ein paar Tage lang erkunden."

„Ich protestiere", rief Shana. „Du willst ja wohl nochmal nach Hause kommen und Zeit mit deiner Frau verbringen. Du bist außerdem Richter und musst Dich um Geroda und seine Bewohner kümmern. Jäger wolltest Du auch noch werden. Kannst Du eigentlich auch einmal etwas mit mir absprechen anstatt alles alleine zu entscheiden?"

Demütig senkte Ion seinen Kopf. „Tut mir leid!", entschuldigte er sich. „Natürlich werde ich auch Zeit in Geroda verbringen und selbstverständlich auch mit Dir! Was die Arbeit als Richter angeht, habe ich mich gefragt, ob Bero diese Aufgabe nicht übernehmen will."

„Na, wunderbar", rief Bero mit gespielt wenig Begeisterung. Ihm war jedoch anzumerken, dass er sich geschmeichelt fühlte und die Idee auch nicht sofort ablehnte.

„Jäger will ich immer noch werden", beantwortete Ion den nächsten Punkt, „mehr noch als zuvor. Es erscheint mir mittlerweile sogar noch wichtiger. Aber ich werde wohl nicht soviel Zeit dafür aufwenden können, wie ich vor kurzem noch gehofft hatte. Die Dinge haben sich geändert."

Terra und Shana tauschten bedeutungsvolle Blicke aus.

„Vielleicht möchte meine Frau“, ergänzte Ion mit schelmischem, aber auch reuevollem Blick auf Shana, „ja ebenfalls Jägerin werden. Oder auch mit mir gemeinsam dieses neue Gebiet erkunden.“

Shana verschränkte die Arme und war sprachlos. „Wie nett, dass Du mir doch noch diese Vorschläge machst“, rief sie in gespielter Verletztheit, aus der heraus jedoch zu erkennen war, dass sie nicht komplett gespielt, sondern zu einem kleinen Teil auch echt war. „Und Du wirst es nicht glauben, ich habe bereits ein kurzes, intensives Training für Jäger hinter mir“, erklärte sie mit einem Augenblinzeln und Feuer in den Augen. Ion machte große Augen und bekam den Mund nicht mehr zu. Terra lachte.

„Ja, da staunst Du“, freute sich Shana über den Anblick. „Aber wie Du sagtest: Die Dinge haben sich geändert.“

Sie ließ eine Pause entstehen. Terra lächelte wissend, Ion und Bero spannten sich an vor Erwartungshaltung. Schließlich hielt sie sich beide Hände auf den Bauch und warf Ion einen Blick zu, dass er diese Geste als einen Hinweis zu verstehen hätte.

Einen Augenblick starrte der Richter sie mit leerem Blick an. „Nein!“, rief er dann ungläubig. Hocherfreut eilte er zu ihr, nahm sie in den Arm und küsste sie. Er hielt ebenfalls eine Hand auf ihren Bauch.

Bero schaute noch verhalten. Dann lachte der Wächter plötzlich laut los, dass sich die anderen typischerweise davon erschraken. „Ich verstehe", erklärte er voller Freude und bekam Tränen in den Augen. „Herzlichen Glückwunsch!"

Terra gab Ion einen leichten Stoß in die Rippen, was auf Grund seiner inneren Verletzungen jedoch schmerzhaft genug war, dass er zusammenzuckte. „Mach Dir jetzt schon mal Gedanken darüber. Als Vater kannst Du nicht ständig in irgendwelchen geheimen Gewölben umherirren und Jäger spielen!"

Ion machte beschwichtigende Gesten. „Keine Sorge", erwiderte er. „Das bekommen wir schon hin!"

„Das müssen wir feiern", erklärte Bero. „Wir müssen jetzt erst einmal einen sicheren Weg nach Hause finden und dieses Ereignis feiern! Alles andere kann warten."

„Gut", entgegnete Ion. „Ihr ruht Euch aus und ich überprüfe, was das Computersystem hier über einen gehbaren Weg nach oben weiß."

„Ich werfe mal lieber einen Blick hinter diese Tür", entgegnete Bero und deutete auf eine der zwei Türen auf Höhe des Pultes. Sie ließ sich einfach öffnen und so verschwand der neugierige Wächter hinter ihr.

Ion ging hinüber zum Pult und benutzte das holographische Terminal. Neo Bunny ließ sich nicht stören und hoppelte von einer Seite zur anderen oder machte eine Pause um sich zu kratzen oder zu putzen. Manchmal schaute es auch einfach nur in die Gegend.

„Na, das ist ja einfach", sagte Ion nach einer Weile vollkommen erstaunt. „Der Weg war all die Zeit da und niemand hat es gemerkt."

Er spürte die neugierigen Blicke von Shana und Terra auf sich. „Wir haben in den Technik-Tunneln unter der Tech-Säule einen Weg hierher gefunden", erklärte Ion, „aber nur durch einen Riss in der Wand und eine natürliche Höhle. Es gibt aber auch einen von Menschenhand angelegten Weg von dort nach hier. Er ist vermutlich ebenso versteckt, wie der Weg in der Meditations-Höhle."

„Das ist ja praktisch", freute sich Bero, der wieder zurückkam und dabei etwas in der Hand hielt. „Dann können wir ja gleich wieder nach Hause gehen. Hier, Ion. Ich hab Dir dein neues Abzeichen mitgebracht", sagte der Wächter und legte eine handtellergroße, gewölbte Metallscheibe auf das Pult neben Neo Bunny.

Ion nahm die Metallscheibe an sich und inspizierte sie. Sie wirkte wertvoller und wichtiger als ein gewöhnliches richterliches Abzeichen, was an dem verzierten Rand aus Gold lag, sowie an den kleinen blauen Steinchen, die in das Abzeichen eingearbeitet waren und an Sternblumen erinnerten.

Auch auf ihr war das richterliche Zeichen zu sehen, aber ein zusätzliches Wort war auf ihr eingraviert. „Mediator", las Ion. „Das Wort ist mir bisher noch unbekannt", sagte er mit einem Schulterzucken und tauschte sein altes Abzeichen gegen das neue aus. Das alte warf er Bero zu. „Wir besprechen dann demnächst dein neues Aufgabenfeld, für die Übergangszeit arbeiten wir natürlich zusammen", erklärte er.

Bero nickte und deutete auf die Tür, hinter welcher er sich umgesehen hatte. „Wir haben hier unten unseren eigenen Droiden", teilte er Ion fast beiläufig mit.

Er erschrak sich, als Ion ohne zu zögern sein Zepter zog und sich selbst und seine Waffe in Kampfbereitschaft versetzte. Abwehrend hob der nun ehemalige Wächter die Hände. „Beruhige Dich! Er ist nicht aktiv. Sein Akku lag neben ihm und er saß auf einem Stuhl neben seiner Aufladestation. Was ist denn los mit Dir?"

Ion zögerte, sich zu entspannen und das Zepter wieder wegzustecken. „Du hast ihn nicht aktiviert?", fragte er Bero besorgt. Der schüttelte nur den Kopf.

„Wir lassen ihn von Erom komplett untersuchen, bevor wir ihn aktivieren", erklärte Ion. „Ich hab kein gutes Gefühl dabei."

„Aha, na gut", sagte Bero schlicht. Er schien Ions Vorsicht für übertrieben zu halten, vertraute jedoch seinem Urteil und seiner Entscheidung. „Dann lass uns jetzt erst einmal gehen, Mediator. Wir haben noch genug Zeit, uns hier demnächst weiter umzusehen."

Sie fühlten sich alle verpflichtet, sich bei Neo Bunny zu verabschieden, bevor sie den Raum verließen.

*

„Ich komme einfach nicht zur Ruhe", beschwerte sich Ion scherzhaft. Er war zu Hause in einem bequemen Liegestuhl, mit Omelett und Kaffee an seiner Seite. Shana, Terra und Bero erging es genauso.

Alle anderen saßen auf normalen Stühlen, mehr oder weniger um den großen Tisch herum, so gut es bei der großen Anzahl der Besucher passte: die Richter Erom, Samush, Kessaya und Yotto, die Jäger Morafey, Naga und Manjaro, sowie der Techniker Pandor. Auch für sie standen Gebäck, Früchte, Nüsse, Kaffee, Tee und Wasser bereit, und das Angebot wurde reichlich wahrgenommen. Quiekie war mit Kessaya und Pandor mitgekommen und ließ sich von den beiden ausgiebig mit Nüssen füttern. Ausgelassen unterhielten sich alle.

„Der Kampf um Geroda war wirklich der schlimmste", erklärte Samush. „Feuertal zu verteidigen war ein Kinderspiel."

„In Liberin war es auch nicht so aufregend wie hier", bestätigte Manjaro. „Und plötzlich scheint alles wieder zur Ruhe zu kommen. Die Feen bilden jetzt Überwachungs-Netzwerke über jedem Dorf. Die wilden Tiere scheinen sich zurückzuziehen und so plötzlich zu verschwinden, wie sie aufgetaucht sind."

„Unsichtbare, riesige Super-Vila", rief Morafey mit Abscheu in der Stimme, „sind auch wirklich ein böser Traum! Aber sie kamen irgendwo her, und dort gibt es mehr von ihnen. Sie sind nicht einfach plötzlich wieder weg!"

Naga nickte. „Und solange wir nicht wissen, warum sie und die anderen wilden Tiere uns überhaupt angegriffen haben, müssen wir achtsam bleiben", bestärkte er ihre Aussage.

Dann drehten sich die Gespräche um einzelne Kämpfe, die sie erlebt hatten, aber schließlich auch um die Nutzung des Aerie-Systems und die Entwicklung von Plogs, den unterschiedlichen Art und Weisen, wie die Menschen sie bisher genutzt hatten und um alltägliche Belange.

Ion benutzte währenddessen sein Armband. Irgendwann stand Erom auf und verschwand. Nach einer Weile kam er wieder und nickte Ion zu. „Wir alle, die hier sitzen, haben wichtiges zu besprechen", erklärte Ion schließlich mit einem ernsten Tonfall, der jedes Gespräch der anderen Besucher untereinander verstummen ließ.

„Was wir hier besprechen werden, muss unter uns bleiben. Niemand – wirklich niemand anderes – darf vorerst davon erfahren", begann der Mediator und wartete darauf, dass alle Anwesenden irgendwie ihr Einverständnis mitteilten.

„Aus verschiedenen Gründen haben wir beschlossen, eine geheime Gesellschaft ins Leben zu rufen. Sie dient dem Schutz der gesamten Menschheit von Kumono, der Verteidigung gegen die Menschen, die den Bürger-Kodex missachten und der Besprechung anderer wichtiger Angelegenheiten, von denen die meisten Menschen nichts zu wissen brauchen und davon verschont bleiben sollten. Alle hier Anwesenden sind ab sofort Teil dieser geheimen Gesellschaft!"

Alle machten große Augen. Pandor stand der Mund offen. Quiekie quiekte leise und fragend, stupste den jungen Techniker unter dem Kinn an, der reagierte jedoch nicht. Kessaya hielt ihm schließlich die Hand unter das Kinn und drückte ihm den Mund wieder zu.

„Die Strukturen dazu wurden vor langer Zeit schon angelegt", erklärte Ion weiter unter dem wachsenden Staunen der Zuhörer. „Es gibt geheime Verbindungswege unter der Erde, geheime Sitzungsräume, geheime Computernetzwerke mit eigener Energieversorgung und verschiedene Kontroll-Instanzen, um all das zu regeln und geheim zu halten. Die Richter waren übrigens ursprünglich wohl als eine solche Kontroll-Instanz vorgesehen. Ich bitte Euch darum, mit niemandem darüber zu reden und Euch auch untereinander nicht über technische Kommunikationsmittel darüber zu unterhalten. Am besten reden wir darüber nur und ausschließlich in den dafür vorgesehenen geheimen Räumlichkeiten."

Wieder forderte Ion von allen ein Zeichen der Zustimmung ein, bevor er weitersprach.

„Ich bitte Euch, übermorgen um die Mittagszeit wieder hierher zu kommen. Dann können wir gemeinsam die Räumlichkeiten aufsuchen und alles weitere besprechen."

Er nahm einen tiefen Atemzug. „Aber jetzt müssen wir uns unbedingt erst einmal ausruhen!", schloss er.

Allgemeines Gemurmel kam auf. Ion war erleichtert darüber, dass es den anderen trotz dieser gewichtigen Besprechung nicht schwerfiel, schnell wieder gewöhnliche Themen anzusprechen und zu den alltäglichen Routinen überzugehen.

Schließlich verabschiedeten sich alle voneinander. Nur Shana, Ion, Terra und Bero blieben zurück und ruhten sich aus.

Naga und Morafey verließen das Haus als letzte. Morafey krallte sich plötzlich in Nagas Arm, als sie etwas entdeckte. Sie zeigte in die Richtung, in die sie blickte. Auf einem Ölkirschenbaum saßen zwei Nebelsänger und sangen gemeinsam ein Lied.

Naga schaute Morafey fragend an. „Nebel... Sänger", raunte sie ihm zu.

Naga schaute sie an, als ob er an ihrem Verstand zweifelte. „Du meinst, das sind die singenden Nebel?", fragte er. Dann begann er nachdenklich zu schauen.

Eine Weile lang blieben sie einfach stehen und lauschten dem Lied. Dann entschlossen sie sich stumm, den Vögeln zu winken und einfach ihren Weg fortzusetzen.

Ion schlief fast zwei Tage lang.

*

Allgemeines Raunen und Staunen erfüllte den Raum. Alle zwölf Stühle wurden besetzt, mitgebrachte Nahrungsmittel wurden in Schalen auf den Tisch gestellt, Glaskrüge wurden mit frischem Wasser aus den Springbrunnen befüllt, Ion stellte sich vorne an das Pult.

Unter dem Pult entdeckte er ein Fach, das sich noch unter dem holographischen Terminal befand.

Er fand dort eine kleine quadratische Holzplatte und einen kleinen Holzhammer. Unschlüssig, was damit anzufangen sein sollte, legte er die kleine Holzplatte auf das Pult. Versuchsweise schlug er mit dem Holzhammer auf die Platte. Alle Anwesenden unterbrachen augenblicklich ihre Gespräche und schauten zu ihm nach vorne.

„Aha", freute sich Ion über die Wirkung. „Dafür ist das also gut. Dann erkläre ich hiermit die erste offizielle Sitzung unseres geheimen Ordens für eröffnet."

„Gab es denn schon eine nicht-offizielle Sitzung?", fragte Naga gespielt unschuldig.

„Die gab es", bestätigte Ion.

„Und was wurde da besprochen?", fragte Morafey neugierig.

„Das ist geheim", erklärte Ion und sorgte damit für heitere Stimmung.

„Ich habe so etwas wie eine Rede vorbereitet für diesen Anlass", äußerte sich der Mediator Ion verlegen.

Alle klatschten, was ihn noch ein wenig mehr in Verlegenheit brachte.

„Hört es Euch erst einmal an", beschwichtigte er sein Publikum und räusperte sich.

„Noch bevor es diesen geheimen Orden gab, schafften wir es bereits mit vereinten Kräften, zu überleben, friedlich und kooperativ zusammenzuarbeiten, Probleme zu bewältigen und gemeinsam unser Leben zu meistern. Besonders in der nahen Vergangenheit haben wir einen gewaltigen Entwicklungssprung gemacht: Wir haben die verlorengegangene Technik wiedergefunden und neu aktiviert, die seitdem in rasanter Geschwindigkeit unser Leben sicherer und besser macht, und uns praktisch täglich viele neue Möglichkeiten beschert."

Er machte eine kurze Pause. Die anderen applaudierten wieder. „Ich bin ja noch gar nicht fertig", lachte Ion und holte Luft.

„Die Gnome sind inzwischen überall und halten für uns alles funktionsfähig. Jetzt gerade bauen die Feen Netzwerke auf, um uns rechtzeitig über Gefahren informieren zu können und um das Nachrichtensystem zu verstärken. Sie helfen uns auch dabei, neue Gebiete auszukundschaften und wilde Tiere zu erspähen, damit wir ihnen nicht über den Weg laufen. Droiden übernehmen lebensgefährliche Aufgaben für uns und helfen uns auch in anderen Belangen. Ich finde, jetzt könnten wir mal für die Droiden klatschen."

Er klatschte, und die anderen applaudierten mit.

„Danke, danke", sagte Erom, stand kurz auf und verbeugte sich nach links und rechts.

Dann setzte Ion seine Rede fort: „Wir haben wilde Tiere erfolgreich abgewehrt, Zent in die Flucht geschlagen und letztendlich besiegt. Er war es jedoch auch letztendlich, der uns auf die Spur gebracht hat, dass diese geheime Organisation in der Vergangenheit bereits bestanden hat. Angeblich hatte sie die Aufgabe, eine stille Herrschaft über die Menschen auszuüben. Das können wir nicht mehr nachprüfen, es sei denn, wir erhalten weitere Hinweise darüber. Vielleicht im Archiv des Hauptcomputers von Tekion. Das wird ja jetzt meines Wissens nach und nach wiederhergestellt. Auf Tekion scheinen auch noch andere Hinweise zu existieren. Darüber können Morafey und Naga uns sicher später mehr erzählen."

Die Jäger nickten.

Ion sprach weiter: „Es gibt ein Volk auf Kumono, das keiner kennt. Man hat sie schon mal hier und dort unabsichtlich entdeckt und ihnen verschiedene Namen gegeben, zum Beispiel Engel. Angeblich wussten manche unserer Vorfahren jedoch bereits von ihnen, hatten vielleicht sogar schon Kontakt. Aus irgendeinem Grund wurde das jedoch geheim gehalten. Wir wollen herausfinden, wieso das so ist. So lange werden auch wir nichts über sie verlauten lassen. Es sei denn, sie kommen auf uns zu."

Der Mediator stockte kurz. „Wieder sind es Morafey und Naga, die uns hier mehr erzählen müssen, denn sie hatten bereits Kontakt mit den Engeln."

„Chiya", sagten die genannten Jäger gleichzeitig. „So nennen sie sich selbst", ergänzte Naga.

„Wenn Ihr sie das nächste Mal aufsuchen wollt", sagte Ion, „dann gibt es hier unten Wege, die Ihr dazu nutzen könnt. Ich bin mir nicht absolut sicher, aber möglicherweise führt einer der Wege direkt in die Engels-Ebene. Dann könntet Ihr Euch vielleicht einen allzu dornigen Weg ersparen."

„Jetzt, wo Du es sagst: Ich bin mir auch fast sicher, dass der von Dir erwähnte Weg direkt in die Engels-Ebene führen wird", entgegnete Naga. „Und ich denke, die Chiya wissen auch davon. Dann sind wir wohl bereit, sie wiederzusehen."

Morafey nickte. „Dann kennen wir ja schon unser nächstes Reiseziel", sagte sie.

„Und letztendlich", fuhr Ion weiter fort, „haben sich die Leute von Zent ein neues Versteck gesucht. Besonders vorsichtig sein müssen wir deswegen, weil sie vielleicht die geheimen Verbindungstunnel kennen. Und wenn ich das richtig weiß, dann wird die Gruppe von Zents Sohn angeführt, ein kleines Kind, dessen Handlungen und Gedanken wohl für jeden unvorhersehbar sein werden. Meine Überlegung in diesem Fall ist, dass wir einen Freiwilligen finden, der irgendwie Kontakt zu der Gruppe aufnimmt und vorgibt, sich ihnen anschließen zu wollen."

Er winkte ab. „Das muss aber nicht heute entschieden werden. Was aber heute entschieden werden muss: Ich möchte kein Mittel zur Herrschaft sein. Ich möchte ein Mittel zur Freiheit sein! Wir können hier Informationen in einem geschützten Rahmen zusammentragen und besprechen, welche die meisten Menschen vielleicht eher verunsichern würden, welche die meisten Leute erstmal nicht begreifen würden. Lasst uns nicht daran arbeiten, ihr Unwissen auszunutzen um sie zu beherrschen, sondern daran arbeiten, dass alle Menschen frei sein können und uns eines Tages folgen können. Bis letztendlich dieser geheime Orden und seine Arbeit nicht mehr gebraucht wird. Letztendlich sind wir hier wieder an einem Wendepunkt in unserer Geschichte angelangt, an dem wir unser Schicksal umso mehr selbst mitbestimmen können!"

Ion musste nicht nachfragen. Er sah die Zustimmung in den Augen seiner alten und neuen Freunde. „Danke, ich bin fertig. Jetzt könnt Ihr klatschen", sagte er. Und das taten sie, lang und ausgiebig.

Das Pult vibrierte sanft.

Ion ließ den holographischen Terminal aus dem Pult fahren und überprüfte den Ursprung dieses Signals. Während die anderen das Signal nicht bemerkt hatten und anfingen, sich ausgelassen zu unterhalten, wurden Ions Augen immer größer.

Bero bemerkte es. „Stimmt etwas nicht?", fragte er.

„Ihr werdet das nicht glauben", erwiderte Ion. „Ich glaube es selbst noch nicht. Das muss ich erst einmal überprüfen. Aber hier hat sich gerade ein neuer Kommunikationskanal geöffnet. Kommunikation hat noch nicht stattgefunden. Aber der Kanal trägt den Namen 'Asteara' – wie das Raumschiff!"